小学館文庫

たまうら
～玉占～

星乃あかり

小学館

目次

たまうら

～玉占～

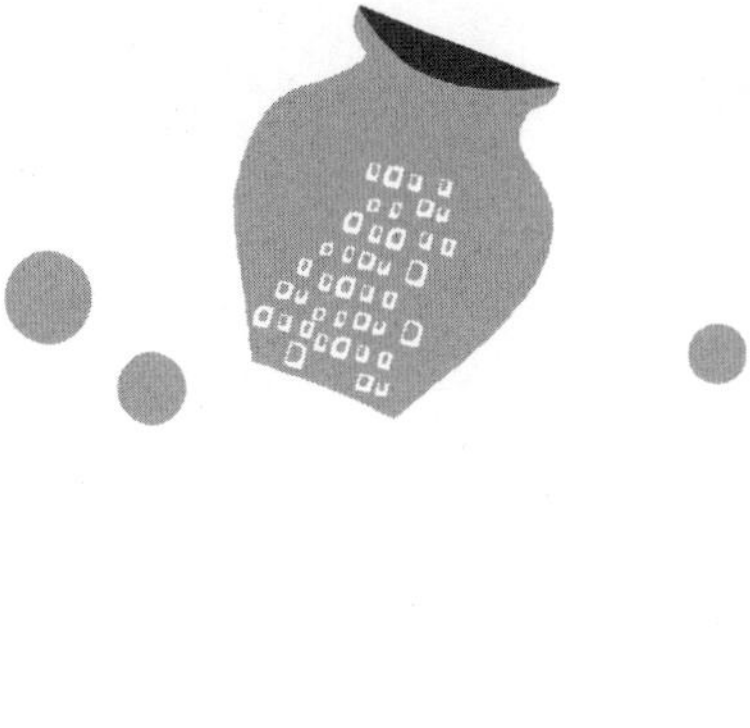

第一話　みれん玉

おみつは、頼りない足取りで、堀端を歩いていた。
なくし物を探してさまようちに、陽もすっかり傾いてしまった。
人通りの絶えた通りに、柳《やなぎ》の影ばかりが、さみしげに揺れている。
三味線袋を背負った身体《からだ》に、木枯らしが染みる。
いったい、どこに落としてしまったのだろう。
おみつは唇を嚙《か》んだ。
あたしときたら、よほどついていない星の下に生まれてきたのか。
いつだって、大事なものを、ここぞという時になくしてしまう。
今こそ、あのかんざしが必要なのに。京《きょう》さんにもらった、あの素敵なかんざしが。

焦りと、みじめさと、悔しさとがこみ上げてきて、いっそ泣き出したい気分になってきたおみつを、しわがれ声が呼び止めた。

「ちょいと、こっちへおいで」

おみつは驚いて、辺りを見回した。

いつのまにか、橋のたもとに立っていた。

こんな橋があったかしらん、と、おみつは首を傾《かし》げた。

目にも鮮やかな朱塗りの太鼓橋。

その真ん中辺りに、ぽうっと明かりが灯《とも》り、つぎだらけの羽織をはおった老婆が、おみつにおいでおいでと手まねきしている。

「そうそう、あんただよ、そこの若いの。花も二八《にはち》の十六才ってところなのに、今にも人生が終わりそうな顔をしてるじゃないか。あたしが観《み》てやるから、ちょいと、寄っておいき」

近づいてみると、行燈《あんどん》には『玉占〜たまうら』と書かれていた。

物乞いかと思ったが、占い師だったらしい。

普段なら通り過ぎるところ、誘われるまま近づいてしまったのは、藁《わら》にでもすがりたい気分だったからだ。

老婆は、小さな机の向こうで、ござをしいて座っていた。

机の手前に、客用だろうか、ぼろぼろの座布団が置いてある。

座る気にもなれないくらい薄汚れていたが、立ったまま見下ろしているのも気が引けて、向かいにちょこんとしゃがみこんだ。

老婆の傍らに、青い模様の描かれた大きな白い壺《つぼ》がある。

壺のそばには、たぬきと見まごうばかりの肥えた白猫がうずくまっていた。

白猫は、ふてぶてしい顔でおみつを見上げ、まるで客を値踏みするように目を細めた。

「いくら？」

あまり持ち合わせがなかったと思いながら、おみつが尋ねると、老婆はにっと笑って、てのひらを差し出した。

「さて、あんたの迷いを晴らすのに、いくら出せるかね」

おみつが懐《ふところ》を探り、ありったけの小銭を取り出すと、案の定、老婆は渋い顔をした。

「おや、なんだい、三文きりかい」

「これしか持ってないの」

おみつが言うと、老婆はふんと鼻を鳴らした。

「まあいいさ。ここで会ったのも何かの縁。それ、ひとつ引いてごらん」

老婆は、脇にあった壺を傾け、おみつに口を差し向けた。

壺の中の、黒々した闇《やみ》を覗《のぞ》き込むと、気のせいか向こうから、ひんやりした風が吹いてきたようだった。

おみつは身をすくめ、老婆に尋ねた。

「ここに手を入れるの？」

「中の玉をひとつ取り出すんだ。いいかい、ひとつきりだよ」

おそるおそる手を入れてみると、壺の中は、思いのほか広かった。

冷たい玉が、いくつも指先に触れた。

かき回すと、きん、かん、ころん、と、何やら不思議な音がする。

どれにしようか、ずいぶん迷ってから、おみつはようやく玉を取り出した。

透明なガラス玉には、小さな穴が開いていた。

その穴の周りを、色とりどりの帯がぐるぐると渦巻いている。

見ていると吸い込まれてしまいそうだ。

「綺麗《きれい》……」

おみつはうっとりとして言ったが、老婆はふんと鼻を鳴らした。

「そいつは、みれん玉さね」

「みれん玉？」

「なくしたものへの未練に囚《とら》われている人に引き寄せられる玉だよ」

老婆にずばりと言い当てられて、おみつは言葉を飲み込んだ。

「玉ってのは不思議なもんでね。似たもの同士、自然と引き寄せられるようになってる。みれん玉なんぞに縁があるのは、まったくもって愚かな連中さ。持っている時には大切にしておかないで、なくした後で、くよくよ悩む」

「そんな、大切にしないなんて……」

「大事なものなら、はじめからなくさないよう、しっかり握りしめておけばいいじゃないか。いくら悔《く》やんだって、後の祭さね」

おみつは唇を噛みしめた。

ひどい言いようだが、返す言葉がなかった。

京さんのくれたかんざしには、蝶《ちょう》の螺鈿細工《らでんざいく》が施《ほどこ》されていた。

きっと高価なものだったに違いない。

おみつの着物に比べれば、そのかんざしは少し上等にすぎたが、髪に挿《さ》して三味線の稽古《けいこ》に向かうと、女友達はみな羨《うらや》ましがったものだ。

『本当に、素敵なかんざし』

『あの京さんにもらったなんて、羨ましいこと』

三味線を習いにくる弟子たちの中でも、京さんはいっとう上物の着物を着て、よい声で歌っていた。

みなの憧《あこが》れだった京さんは、おみつにはことのほか優しくて、菓子をくれたり、祭に連れていってくれたりしたものだ。

『京さんたら、おみつにすっかり惚《ほ》れているのね』

友達はそう言っていたし、おみつもそのつもりで、いつもかんざしを挿して稽古に出かけた。

ところがある日、かんざしを忘れてしまった。寝坊してしまって稽古に遅れそうで、身なりにかまっている余裕もなかったのだ。

そのせい、というわけでもなかろうが、ちょうどその日を境に、京さんはぱたりと稽古場に来なくなった。

それからというもの、稽古のたびに、おみつは願《がん》でもかけるように、かんざしを挿していったが、京さんは現れない。

このままもう会えないのだろうか、と不安に思っていたところ、今日になって京さんから言伝《ことづて》があった。

話があるのだが、明後日《あさって》に抜け出せないかという。

ところが、よりによって今日の今日、道のどこかで、かんざしを落としてしまったようなのだ。

「なんとか取り戻す方法はないかしら」

おみつがすがる思いで言うと、老婆は目を細めてにぃっと笑った。

「まあ、ないこともないよ」

「本当？」

思わず身を乗り出すと、老婆はしたり顔でうなずいて、傍らの猫に声をかけた。

「大福《だいふく》や、ちょいと一仕事《ひとしごと》しておくれ」

大福と呼ばれた白い猫が、けだるそうに太った身体をゆすって立ち上がった。

そして、壺にひょいと鼻先を突っ込んだかと思うや、するすると腹の辺りまで埋まってしまったではないか。

後足《あとあし》がばたばた空《くう》をかき、太いしっぽがぱったんぱったん、行ったり来たりした。

壺の中では、きんからこんから、大騒ぎだ。

抜けられなくなってしまったのかしらん。

おみつが心配していると、猫がはじかれたように、ぽうんと宙に飛び上がった。

おみつのすぐそばに軽やかに着地するや、猫は口にくわえた玉を足元に落とした。

「これ、あたしに？」

でぶ猫は、前足をちょこんとそろえて、すまし顔でおみつを見上げている。

おみつは玉を拾い上げてみた。

こちらの玉の中には、赤い筋がふたつ、細い空洞を中心にして、絡み合うような模様を描いていた。

「見せてごらん」

おみつが老婆に玉を手渡すと、老婆は行燈の光に透かして、じいっと眺めた。

「ああ、えにし玉が出てきたね」

「えにし玉？」

「これは、縁をしっかりと結んでおく玉さ。未練がましいあんたにゃ、ぴったりの代物《しろもの》だよ。枕の下に入れて、取り戻したいものを頭に想《おも》い浮かべながら寝れば、あら不思議、なくしたものが手元に返ってくる」

おみつはごくりと唾を飲んだ。

「どうだい、一日八文で貸してやるよ」

「でもあたし、手持ちのお金が……」

「お代の残りは、この次でいいよ。玉の効き目が本物だと分かった時でね」

老婆はおみつの手からみれん玉を取り上げ、えにし玉に紐《ひも》を通してくれた。

手渡されたえにし玉を、おみつはぎゅっと握りしめた。

「この玉を、枕の下に置くだけでいいのね」

「置くだけじゃない。ちゃんと、取り戻したいものを頭に想い浮かべながら寝るんだよ」

老婆は、おみつにぐぅっと顔を近づけた。

「いいかい、あれこれ迷っちゃだめだ。あんたが取り戻したいものがなんなのか、ようく考えて、そのことだけを一心に祈ることさ」

それはいかにも、簡単そうに思えた。

わざわざ念を押されずとも、おみつの頭の中は、京さんにもらったあのかんざしのことでいっぱいだ。

暮れ六つの鐘が鳴り、おみつはあわてて立ち上がった。

見れば、陽が家々の間に落ちていくところだ。

「もう帰らなきゃ。家はどっちだったかしら……」

「この橋を渡って、その先の路地をまっすぐお行き。あわてて玉まで落としたりするんじゃないよ。そら、その紐を、帯にくくりつけておくといい」

老婆の声を背に、おみつは夕闇の降りてきた町に向けて、小走りに駆けていった。

おみつの姿が見えなくなると、橋の上にはすっかり人気《ひとけ》がなくなった。

老婆は、銭を入れた小袋を覗き込んで、ため息をついた。

「やれやれ、今日の稼ぎはこれっぽっちかい。やってられないね」

老婆の足元にわだかまっていた白猫が、顔を上げた。

その拍子に、行燈の光に照らされて、目がぴかぴかっと金色に輝いたかと思うと、ごろごろとうなるような声が、喉の奥から漏れ出たのである。

「因業《いんごう》ばばぁめ。銭なんぞ貯《た》め込んでも、あの世には持っていけないぞ」

ふくふくとした容姿に似合わず、口汚くののしる猫に、老婆はふんと鼻を鳴らしてみせた。

「大福や、あんたが日がな一日ごろごろして、そんなに太ってられるのは、誰のお陰《かげ》だと思ってるんだい。あたしがいなけりゃ、痩せっぽそって、ゴミ溜《た》めの魚の骨でもかじってるのが関の山だろうに」

大福と呼ばれた猫は、ふてくされたようにそっぽを向いた。

「あんたがとっとと地獄にでも落ちてくれりゃ、俺も御役御免なんだがな」

「おあいにくさま。地獄でも、あたしのことは願い下げだって追い返されたのさ」

「ばばぁの減らず口にゃ、鬼どももお手上げか。なら、早いとこ徳を積んで極楽の門を開けてもらうことだな」

「そんなに簡単にいきゃ、苦労しないよ。極楽に行けるだけの功徳《くどく》を積むにゃ、あとどれだけかかるかねぇ」

「さっきの玉で、あの娘が救われれば、一歩くらいは極楽に近づくかもしれないぜ。どうなんだい」

老婆は首を振った。

「あんな小娘にやるにゃ、あの玉はまったく、猫に小判ってもんだよ。首尾よくお宝を取り戻したところで、今度は別のものをなくして、くよくよ悔やむのが関の山さ」

「そんなものかね」

「見ててごらん、あの子は、じきにまたここへ現れるから。その時には、きっちりお代をいただくよ」

薄暗い川面《かわも》に、老婆と白猫の影を映した行燈の光が、ゆらゆらと揺れた。

小走りに帰ってきたおみつが、家にたどりつくころには、辺りはすっかり暗くなっていた。

戸を叩《たた》くと、中から硬い声がした。

「どちらさんですか」

「みつよ、開けて」

小声で言ってしばらくすると、引き戸が開いて、男が顔を覗かせた。

「随分遅いお帰りで」

黒い目が、非難がましくきらりと光ったようで、おみつは目を伏せた。

男の名は源八《げんぱち》といった。

版木職人の父について、一年前から住み込みで働いている見習いだ。

父は可愛《かわい》がっているようだが、おみつはこの男があまり好きではなかった。

父は、版木を彫ることにかけては一流だ。歌麿《うたまろ》の浮世絵の繊細な輪郭だって、馬琴《ばきん》の読本《よみほん》のこまかな振り仮名だって、みごとに彫りあげる。

愚図な源八にまかせたら、あっという間に字を欠いてしまう。だからいまだに、下働きのような仕事ばかりだ。

無愛想で、いつもよれよれの冴《さ》えない恰好《かっこう》をしているのもいただけない。仕事が立て込むと何日も風呂に入らないものだから、家の中は男臭くてたまらない。

夏の終わりに母が倒れてからというもの、すっかり男所帯じみてきたこの家が、おみつにはなんだか息苦しかった。

中に入ると、部屋の隅で版木を彫っていた父が顔を上げた。

「おお、やっと帰ったか」

「稽古場に忘れ物をして取りに戻っていたの」

おみつは言い訳して、台所に向かった。

ご飯は朝に炊いてあったので、湯を沸かして、お新香を刻み始める。

源八が、茶碗《ちゃわん》にご飯をよそいながら、小声で言った。

「今日、玄庵《げんあん》先生が往診に来ました」

「そう。なんて？」

「今までどおり薬を飲ませて、栄養をつけて、しっかり寝かせてやりなさいと。昼に粥《かゆ》を食べさせようとしましたが、おかみさんは、食欲がないそうで」

「そう……」

「おみつさん、言いたかないですが、こんな時くらい早くに戻ってあげたらどうですかい」

おみつは黙って源八に背を向けた。

普段はろくに口も利かないくせに、小舅《こじゅうと》のように小言をいう。

三味線の手習いなど、いやいや始めたものだった。

子供のころ、習いたくても習えなかった母が、精一杯の見栄を張って習わせたもの。

気の入らない稽古が楽しみになったのは、昨年、あの人に声をかけられてからだ。

源八が住み込みを始めて、家の居心地が悪くなったころでもあり、なおさら稽古場で京さんに会うのが救いだった。

夕飯の間、父と源八は黙々と箸を口に運んだ。

漬物をかじる音、茶漬けをすする音だけが部屋の中に響いた。

時おり、二階から、ごほごほと咳《せ》き込む音がして、身がすくむ。

男二人はそうそうに食べ終わり、おみつは茶碗を片づけた。

このところ、父は源八と下の部屋で眠り、おみつは母と二階で布団を並べて眠っている。

白湯《さゆ》と茶碗を持って二階に上がり、母の容体をうかがった。

「ああ、おみつ。お帰り」

「具合はどう？」

　言いながら、枕元に白湯と茶碗を並べたが、母は少し白湯をすすったきりで、また横になってしまった。

「ちゃんと栄養をつけたほうがいいって、玄庵先生が」

「寝てばかりでお腹《なか》もすかなくてね」

　母がため息まじりに言う。

「なにか食べたいものはない？」

「どうだろうねえ。ああ、生きているうちに、高松屋《たかまつや》の大福餅《もち》が食べられたらねえ」

「やめてよ、縁起でもない」

　おみつは首をすくめる。

「大福餅なら、買ってきてあげるから」

「食べられるかどうか分からないけどね」

「あたしも食べたいもの」

　外出する言い訳ができたので、おみつはほっとして言った。

　長患いで寝込んでいる母を心配していないわけではなかったが、病人と二人きり、部屋にいるのは気づまりだった。

階下に行けば、源八がうろうろしているのがうっとうしい。ああ、早くあのかんざしを挿して、京さんに会いに行きたい。

行燈を吹き消す前に、おみつはひそかにえにし玉を取り出した。

絡み合った赤い筋が、てのひらに、影を落とした。重なり合ったふたつの赤い輪っか。

途切れることのない縁。

玉を枕の下に置くと、おみつは京さんにもらったかんざしをすみずみまで思い浮かべた。

黒光りする漆に、蝶の描かれた虹色《にじいろ》の螺鈿細工。

どうか、あたしの下へ帰ってきてちょうだい。

手を合わせて一心にそう祈りながら、おみつは床《とこ》の中で目を閉じた。

その晩おみつは、不思議な夢を見た。

夢の中で、おみつは懸命にかんざしを探していた。

板塀の雑草の間や、どぶ板の間。そば屋の屋台の裏手や、薬屋のかんばんの下。

探しながらふらふらとさまよい歩いて、稽古場への通い道にある橋の上に差しかかった時だ。

ぽろりと袂《たもと》から何かがこぼれ出た。

老婆にもらった、あの玉だ。

ころころと転がっていくえにし玉を、おみつはあわてて追いかけた。

瀬戸物屋の前で、どうにか追いついて拾い上げると、手の中でそれは、螺鈿細工のかんざしに変わっていた。

びっくりして、あっと叫んだところで目が覚めた。

もしやこの夢は、玉のお告げではなかったか。

朝ご飯を終えると、おみつは急いで家を出た。家族には、大福餅を買いに行くと言っておいた。

おみつは、瀬戸物屋の近くまでやってきて、玉を取り出した。

夢で見たのはこの辺りかしらんと、ぐるりと見渡したその時だ。

玉がするりと手をすり抜けて、ころころ転がり出したではないか。

「あっ、待って」

おみつはあわてて追いかけたが、玉は飛んだり跳ねたりしながら、どんどん転がっていく。坂でもないのに、不思議や玉は、いっこうに止まる気配がない。

見失わないように急いで駆けていくうち、玉はとうとう溝にぽとんと落ちてしまった。

「あっ、いけない」

おみつはかがんで、溝を覗き込んだ。

泥の中に、玉が埋まっていた。

袖をまくって手を突っ込み、泥の中から玉を拾い上げようとすると、紐に何かがひっかかっている。

玉と一緒に引き上げてみて、おみつは目を見張った。

泥まみれではあるが見まごうこともない、京さんにもらったあのかんざしだ。

漆塗りに、螺鈿細工の施された美しいかんざし。おみつのいっとうの宝物。

戻ってきた。なくしたと思っていたかんざしが、本当に返ってきた。

井戸水で丁寧にかんざしを洗い、今度こそなくさないよう、しっかり握りしめて、家へ帰った。

すっかり夢見心地だったおみつは、家についてから大福餅のことを思い出してはっとした。

「今日は、お店がお休みだったの」

おみつは苦しい言い訳をして、また買いに行くからと言い添えた。

「あっしが買いに行きましょうか」

源八が言うので、おみつはあわてて首を振った。

「だいじょうぶ、明日また様子を見てくるわ」

いよいよ明日は京さんと会う約束の日だ。

久しぶりの再会に胸が弾んで、その晩はなかなか寝つけなかった。


待ちに待った日がやってきた。おみつはいっとう上等の着物にお気に入りの帯をしめ、螺鈿細工のかんざしを挿して家を出た。

父や源八の目が気になったが、無粋な男二人は仕事に打ち込んでいて、おみつの着物になぞ目も留めない。こんな時ばかりは、その無頓着さがありがたい。

待ち合わせしていた寺の境内で、京さんは先に来て待っていてくれた。

「おみっちゃん、久しぶりだなあ。今日はまた一段と綺麗だ」

「このかんざしに合うような着物がないのだけど」

「いや、よく似合ってるよ。おみっちゃんにはぴったりだ」

目を細める姿が嬉《うれ》しくて、おみつは甘えるようにすねてみせた。

「京さん、最近どうしたの。ちっとも稽古に来ないじゃないの。あたしのことなんか、忘れたんじゃないかと思ってた」

「いやいや、忘れたりするもんか。このところ、ちょいと立て込んでいてね」

「なら、よかった。ところで、話ってなぁに」

身を寄せると、京さんは、はぐらかすように言った。

「まあ、そう先を急がず、何か甘い物でも食いながら話そうや。何か食べたいものはないかい」

「何がいいかしら。ああそうだ、甘いものといえば、あたし、大福餅を買っていきたいわ」

「おみっちゃん、大福餅が食いたいのかい」

「おっかさんの好物なの。高松屋の大福餅が食べたいって」

「なら、帰りに買ってやるよ。まずは広小路《ひろこうじ》でも冷やかそう」

両国橋《りょうごくばし》の辺りまで歩いて、お団子を食べた。

弓当てをして遊び、見世物小屋を覗いた。

芝居見物をする間、おみつはおしろいを塗りたくった役者よりも、すぐそばにいる京さんの目鼻立ちに、ずっと見とれていた。

切れ長の目に、すっと通った鼻筋。役者にでもしたいようないい男とは、京さんのことをいうのだろう。

おみつはずっと夢見心地で、時の過ぎるのが惜しいほどだった。

しまいに、

「じゃあ、そろそろ大福餅を買いに行こうか」

京さんが言い出して、腰をあげた。

二人は、両国橋を離れて、高松屋のある大通りへ向かって歩き始めた。

「時に、おっかさんの具合はどうなんだい」

京さんが尋ねた。

「相変わらず。悪くもならないけど、よくもならないわ。死ぬ前に大福餅を食べたいなんて言い出して」

「そりゃ心配だ」

「大丈夫よ。いつも大げさなんだから」

「いやぁ、生きてるうちに親孝行はせにゃなあ。後になって悔やんでも遅いよ」

京さんがいつになくしみじみ言った。

「俺も二親《ふたおや》にゃ迷惑をかけ通しだったからよ。そろそろ身をかためにゃと思ってな」

おみつはどきりとして立ち止まった。

もしかして。

俺と一緒になってくれ、そう言ってくれるのではないか。

あの暗い陰気な家から、京さんが連れ出してくれたなら。

息を詰めて、次の言葉を待ち構えていたおみつに、京さんはため息をついて言った。

「こないだ、急に縁談が舞い込んでな」

おみつは耳を疑った。

縁談。縁談と言ったのか。

何かの聞き間違いではないのか。

「隣町の酒屋の娘さんらしいが、よく気が回るらしい。おっかさんがすっかり気に入っちまって、ダメ息子のお目付け役にゃぴったりの女房だと、こうよ。正直気乗りはしないが、二親にかわるがわる頭を下げられちゃ、断るわけにもいくめえ」

目の前がまっくらになって、井戸の底にでも沈んでいくようだった。

「こうして、可愛いおみっちゃんと遊べるのも、これが最後かもしれねえ。切ねえ話だ」

京さんはさも哀《かな》しげに洟《はな》をすすったが、おみつの耳には入っていなかった。

玉がころころと転がって、ぽとんと溝に落ちた光景が、なぜだかくりかえし、脳裡《のうり》に浮かんだ。

京さんと別れた後も、おみつは家に帰る気がしなかった。

京さんが押しつけるように渡していった高松屋の大福餅を手に、夕暮れの町をふらふらとさまよい歩いた。

かんざしなど取り戻して、いったいなんになったろう。本当に取り戻さなければならないものは別にあったのに。

夕闇の落ちてきた町をとぼとぼと歩いていたおみつは、しわがれた声に呼び止められた。

「どうしたい、辛気《しんき》臭い顔をして」

おみつは驚いて顔を上げた。

いつの間にか、見知らぬ橋のたもとに立っていた。

見上げると、太鼓橋の真ん中にぽうっと『玉占～たまうら』の行燈が灯り、占いの老婆と白猫がちんまりと座っているのが見えた。

おみつは老婆の近くに歩み寄ってかがみこんだ。

「おばあさん、こんなところでも占いをしているの？」

「あたしゃ、いつも、ひとところにいるわけじゃないんだよ。それより、どうしたんだい。望みのものが戻ってこなかったのかい？」

おみつは首を横に振った。

「戻ってきたけど、それよりもっと大事なものをなくしてしまったの」

「それ、言ったとおりだろう」

老婆は、おみつではなく、隣に座る太った白猫に向けて言った。

「こういう手合いは、いつだって未練たらたら、なくした後でくよくよ悩むのさ。大事なものがなんなのかさえ、よく分かっちゃいないんだ」

「今やっと分かったわ。一番大事なものがなんなのか」

おみつの頬を、ふいに涙がぽろぽろとこぼれ落ちてきた。

「もう手遅れなのかしら。どうしたって、取り戻すことはできないのかしら」

「さて、どうだかね。それより、まずはお代をお払い。その玉は、確かにあんたの望みをかなえたんだからね」

人が悲しんでいる時に、こんな言い草をするとは、情けのないおばあさんだ。

おみつは涙を指でぬぐい、ため息をつきながら尋ねた。

「いくら」

「二日分で十六文。一昨日三文もらったから、残りは十三文さね」

財布を覗くと、ちょうど十三文きっかり入っている。

有り金ぜんぶ、しぶしぶ老婆に手渡したが、玉のほうは、返すのをためらった。

「おばあさん、えにし玉は、縁のあるものを取り戻す玉だと言っていたでしょう」

「そうともさ」

「人の縁を取り戻すことはできないの？」

「ふうん、あんた、呼び戻したい人がいるんだね」

老婆はにやりと笑ったが、ふいに難しい顔になって顎《あご》をさすった。

「さて、人を呼び戻すのは、物よりも難儀だからね」

おみつは、老婆の顔を祈るような想いでうかがっていたが、

「一晩や二晩じゃ、すまないかもしれないよ。となると、それなりのお代はいただかなくちゃねぇ」

そう言われて、思わず身を乗り出した。

「いくらあればいいの」

「いくらと言ったって、あんた、ろくに銭も持ってないだろう」

「お金はきっと工面《くめん》するから」

「ふん、工面する当てもない娘っこに、大事な玉をやれるもんか。そうさねえ……」

老婆はじろじろとおみつを見ていたが、つと手を上げて、おみつの頭を指さした。

「そのかんざしでどうだい。なかなかよい品のようじゃないか」

「えっ、これを」

おみつはかんざしに手をやって、さすがにためらった。

「一番大事な縁を取り戻すのに、かんざしひとつ、手放せないのかい」

「でもこれは……」

ほかでもない、あの人にもらった思い出の品なのだ。

「ばかばかしい。取り戻したいと泣いておいて、そんな生半可《なまはんか》な覚悟なら、えにし玉は返してもらうよ」

老婆がてのひらを差し出すのを見て、おみつはとうとう腹を決めた。

かんざしなどなんだというのだろう。あの人が帰ってくるのなら、何をなくしたって構わない。

思い切ってかんざしを引き抜くと、行燈の明かりに照らされて、貝殻が虹色に輝いた。

黒塗りのつやつやした漆に映えて、小憎らしいほど美しい。

おみつは、迷いを断ち切るように、老婆にかんざしを手渡した。

老婆はひとつうなずいて、おみつに言った。

「望みのものを取り戻すまで、玉はあんたに預けておくよ。けど、いいかい、覚えておおき。いくらえにし玉だって、あらゆる縁をつなぎ留めておくわけにはいかないからね」

「どういうこと?」

「世の中には、来るものがあれば、去るものもある。それが道理さね。何かの縁を取り戻せば、別の縁を失う。失ってから後悔して、取り戻そうとしたって、どうにもならないこともあるんだよ」

「別の縁なんて」

おみつは、うっすら笑った。

そうだ、一番大切なものは京さんだ。

ほかに欲しいものがあるとも、おみつには思えなかった。

「今度も、取り戻したい人を思い浮かべて、寝ればいいのね」

「そうともさ。今度こそしくじるんじゃないよ」

おみつはひとつうなずいて、夕暮れの町を帰っていった。

「あれあれ、あの子ときたら」

おみつの姿が見えなくなると、老婆は呆《あき》れたように言った。

老婆の前の座布団に、紙包みが残されていたのである。

「大福や、こりゃなんだと思う?」

老婆の隣の白猫が、起き上がって包みを嗅ぎ回った。

猫が口を開くと、ごろごろという声が響いた。

「いい匂いがするじゃないか。俺へのみやげか?」

「そんなわけないだろう、あの子ときたら、すっかりのぼせ上がって、忘れ物をしたんだよ。よっぽどなくし癖がついてるんだね」

老婆が包みをとくと、中には白い大福餅がみっつ、入っていた。

「こりゃうまそうだ」

白猫は、目をらんらんと光らせて飛びついた。

前足で餅を押さえ、なんとか食いちぎろうと、右へ左へ頭を振り立てる。

「これ、大福、あんまりがっつくんじゃないよ。行儀の悪い」

老婆は、ふくふくとした大福餅を自分もひとつほおばって、ぶつぶつと文句を言った。

「ほんとにしょうのない子だよ。あの分じゃ、今度もしくじりそうだねぇ」

「お宝を巻き上げておいて、ひどい言い草だな」

「あたしのせいじゃないよ。あの子の性根《しょうね》の問題さ」

老婆はしかめっつらをしてみせた。

「えにし玉を欲しがるような輩《やから》はね、自分に何が必要かなんて分かっちゃいないんだ。いつだって、あれをなくした、これが欲しかったと言っちゃ、くよくよ悩んで過ごすのさ。死ぬ間際になっても、生きてるうちにああすりゃよかった、こうすりゃよかったって、後悔しているだろうよ」

「不自由なこったたな。俺は、なくしちまったごちそうよりも、目の前の食いもんが大事だぜ」

餅を飲み込み終えた白猫が、口の周りを名残惜しそうにぺろぺろとなめた。

「それにしても、こりゃ絶品だなぁ。なあ、もうひとつ食っていいかい？」

「みんながあんたみたいに単純なら楽なんだけどねぇ」

老婆はひとつため息をついて、猫のほうに包み紙を押しやった。

おみつが大福餅を忘れたことに気づいたのは、家にたどり着いてからだった。

薄暗い部屋の隅では、父が一人、版木彫りに精を出していた。

おみつが入ると顔をあげ、

「お帰り、ずいぶん遅かったじゃないか」

めずらしく、父の声が非難の色を帯びた。

「源八が、お前を探しに行ったよ」

おみつは驚いて、父を見返した。

どう言いつくろおうかと考えているところに、戸が開いて、当の源八が現れた。

「ああ、おみつさん。戻ってたんですかい」

黒い瞳が、探るようにおみつを見た。

「どこへ行ったかと、ずいぶん探しましたよ」

「ごめんなさい。色々あって」

おみつはうつむきがちに言った。

源八は、わずかに眉をひそめたが、それ以上は問い質《ただ》さずにうなずいた。

「ま、無事でよかった。で、大福餅は買えましたかい」

「それが……途中で落としてしまったの」

おみつは、源八と目が合わせられなかった。

「買いに戻ろうと思ったけど、遅くなってしまって……」

「……さいですか」

半人前の弟子のくせに、あれこれ家族のことに首を突っ込んでくるのに息が詰まった。

もし大福餅を持って帰ったとしても、これでは気まずかったに違いない。

京さんは、父と母とおみつの分、みっつしか大福餅を頼まなかった。

おみつも、何か言うのがわずらわしくて、そのままにしてしまった。どのみち源八は、甘い物など好きそうではなかったから。

おみつもその晩は食欲が湧かず、夕飯もそこそこに二階へ上がってしまった。

「お帰り、おみつ」

母の声に迎えられると、おみつはさすがに申し訳なくなった。

「ごめんなさい、大福餅、今日も持ってこられなかった」

「いいんだよ、あたしは」

母は、背を丸めて咳き込むと、ひとつため息をついた。

「それより、おみつの帰りが遅いって、おとっつぁんが心配してたよ。源八さんも捜しにいったらしいねえ」

「ごめんなさい」

「あんまりおとっつぁんに心配かけるんじゃないよ」

母は哀しげに言った。

「あたしがいなくなったら、あんたがこの家を支えていかなきゃならないんだからね」

「やめて、縁起でもない」

母のいなくなった家など、考えたくもなかった。

それに、あたしはいずれ京さんのところにお嫁に行くのだと、おみつは心の中でつぶやいた。


その晩、おみつは前のように玉を枕の下にしまったが、なかなか寝つかれなかった。薄暗い部屋で、こつこつと版木を彫っていた父の低い声や、おみつを怪しむように見た源八の黒い瞳、占いの老婆の呆れ顔、弱々しく咳き込む母に、忘れてしまった大福餅のことなどが、かわるがわるに頭に浮かんだ。

おみつはどうにかして一心に、京さんのことだけ考えようとした。

すると今度は、京さんのお嫁になるという酒屋の娘さんとやらが気になってきた。しっかり者だというけれど、その人はあたしより綺麗だろうか。もしかしたら京さんも本当は気に入っていて、あたしのことなどもう忘れてしまったのじゃないだろうか。

おみつは悪い考えを懸命に追い払い、いいことだけを思い出そうとした。

小粋《こいき》な銀杏髷《いちようまげ》に、小紋《こもん》の着物を着流して、三味線の音に合わせていい声で歌う京さん。

あたしにお菓子を買ってくれ、笑顔が可愛いと褒めてくれ、寒い日には着ていた羽織を肩にかけてくれた京さん。

ほかの誰だって、あんな素敵なかんざしをもらったりしていなかったはずだ。

朗々と歌うあの人の歌声をまた聞きたい。おみっちゃん、と、微笑《ほほえ》む顔をまた見たい。

おみつはぎゅっと目をつむり、懐かしい日々の夢を見ようとした。

それから十日ほどが過ぎた。

おみつは毎夜、どうにかして京さんの夢を見ようと努めたが、玉の霊験《れいげん》はなかなか現れなかった。

なかなか寝つかれず、どうにかまどろんだと思うと、夢に出てくるのは父の小言や、源八の咎《とが》めるような目つき、母の泣き言ばかり。

京さんも玉も夢には出てこない。

そんなある朝、ようやく玉の夢を見た。

ころころと転がるえにし玉を、必死に追いかけていく夢だ。

何度も追いつきそうになるのだが、あともう少しというところで手からすり抜けてしまい、なかなかつかむことができないのがもどかしい。

とうとう橋から転がり落ちたところで、はっとして目が覚めた。

目が覚めてから、あれはどこだったかしらと思い返してみた。

見覚えのない橋だったが、たしか向こう岸に酒樽《さかだる》が積み上がっていた。

そういえば、京さんの縁談相手は、隣町の酒屋の娘だと言っていたっけ。

そうと気づくと、いてもたってもいられず、おみつは朝まだきにむくりと起き上がった。

かんざしを見つけたのは、夢の中で玉を落とした場所だった。

あの橋の近くに行けば、えにし玉が京さんを連れ戻してくれるのではないかしら。

京さんの住む町の近くで、大きな酒屋と、夢で見た橋を探してみよう。

家族に内緒で家を出て、ようよう白み始めた町を、おみつは京さんの家のほうへと歩いていった。

堀に沿ってぐるぐる歩いて、目当ての橋を見つけたころには、通りにも人の往来が増えていた。

仕事道具を担いでいく職人や、棒手振《ぼてふ》りの商人《あきんど》たちが、足早に歩いていく。

おみつはえにし玉を取り出して、橋の中ほど辺りに落としてみた。

玉は何度か跳ねたきり、その場に止まってしまった。

もう一度。

ころころと転がり出した玉を、おみつは急いで追いかけた。

玉は酒屋のほうへ、飛んだり跳ねたりしながら転がっていく。

橋を渡り終えようとするところで、おみつは誰かと勢いよくぶつかった。

「おい、何するんだ、気をつけねえ」

詫《わ》びの言葉もそこそこに、おみつは人の間をすり抜けて、玉を追った。

と、通りの向こうから、駕籠《かご》かきが、えっほえっほと掛け声を上げながら走ってきた。

先頭の駕籠かきの足が、玉を蹴とばした。

酒屋に向かっていた玉は、ぽーんと宙を飛んで、堀のほうへはねていった。

「あっ、待って!」

おみつは必死で玉を追いかけた。

手を伸ばし、玉をつかもうとしたおみつは、小石につまずいてつんのめった。

あっと思った時には遅かった。

キラキラと輝きながら、えにし玉が川面へ落ちていく。その後を追って、おみつも落ちていった。

落ちていく玉に手が届いた。

玉を握りしめた瞬間、冷たい水が身体を打った。ごぼごぼと水の中に沈みながら、必死にもがいた。

「おうい、人が落ちたぞう」

人が集まってきたのか、堀端から、叫ぶ声が聞こえてきた。

喉に水が流れ込み、咳き込んで、また水を飲んでしまう。

おみつは玉を握りしめたまま、必死でもがいた。

京さん、どこにいるの。助けに来て。

人垣の中に、見覚えのある人影があった。

小紋の着物をぞろりと着流し、小粋な銀杏髷を結《ゆ》っている。

ああ、あれは京さんだ。あたしを助けに来てくれたんだ。

隣に立っている小柄な女は、縁談の相手だろうか。

京さん、助けて。早く、早く。

冷たい水に、手足の力がそがれていく。

水面に顔を出そうとしたが、もがけばもがくほど、身体は沈んでいってしまう。

京さん、まだなの。早く助けてくれないと、あたし、死んでしまうよ。

とうとう力尽きてあがくのを止《や》めた時、誰かの手が、自分を捕えるのが分かった。

力強い腕に抱きかかえられて、夢かうつつか、おみっさん、と呼びかける声を聞いたような気がした。

おみつの意識は、そのまま闇に沈んでいった。


目が覚めると、布団の上に寝かされていた。

見覚えのある天井を見れば、いつもの自分の家だと知れる。

だが、隣にいるはずの、おっかさんが見当たらない。

手に握りしめたはずのえにし玉もなくなっていた。

身を起こそうとしたおみつは、階下から声がしてきたのを聞いて、もう一度横になった。

「まったく、しょうのない奴だ」

父の低い声がした。

「おみつは、あたしのために出かけてくれたんでしょう」

か細い母の声がする。

「バカを言うな。大福餅を買いに行って、堀に落ちる奴があるか。いったい、何を考えているのだか」

父の声は怒気を含んでいる。

黙って家を出ていって、堀に落ちたりしたのだから、怒られても当然だ。

それにしても、こうして無事助かったのだから、誰かがここに連れてきてくれたに相違ない。

きっと京さんだ。えにし玉が、京さんとあたしの縁を取り持ってくれたのだ。

ああ京さん。まだ下にいるなら、声を聞かせてちょうだい。

おみつは耳をそばだてる。

「無事戻ってきたのだから、いいじゃありませんか」

「いいもんか。源八が見つけてくれなかったら、今頃どうなっていたことか」

おみつは耳を疑った。

助けてくれたのは源八だったのか。

おみつが聞いているとはつゆ知らず、父は、あの子を甘やかしすぎた、きついお灸《きゅう》をすえてやらねば、と、怒っている。

と、源八の声がした。

「おみっさんを叱らねえでやってくださいまし」

「黙って家を出ていったのを、叱らずにいられるか。家族に内緒で出かけるなんざ、よからぬ用事に決まっている。男のところにでも行ったのか、ふられて思いつめて、堀に飛び込んだのか」

「それなんですがね」

と、源八が言う。

「二度も大福餅を忘れてきて、こりゃおかしい、悪い虫でもついたんじゃないかと心配していたところ、朝まだきに家を出ていくのに気づいて、こっそり跡をつけていったんでさ」

おみつは橋の上まで歩いていくと、懐から何か取り出した。

遠くてよく見えなかったが、何か落とすような仕草をした後、急に勢いよく走り出した。

遠目に見ていた源八は、あわてて後を追いかけたが、橋を渡り終えるころには、堀の中に落っこちていた。

「わけが分からん。いったい何をしていたんだ」

「おみっさんは、右手にこの玉を、しっかり握っていたんでさ」

源八が階下でこの玉と言ったのは、きっとえにし玉に違いなかった。

「なんだい、その玉は」

「あっしもよくは分かりません。でも、それで合点がいきました。おみっさんは、きっと、おかみさんの病が治らねえのを気に病んで、願掛けでもしてたに違いねえ。でなきゃわざわざ、玉を自分で落としておいて、後を追っかけて堀に飛び込むなんてけったいなこたぁしないでしょう」

「ふむ……」

父も怒りを収めて、しばらく考えているようだった。

「おかみさんも、今日は久しぶりに床を上げられたじゃないですか」

「今日はなんだか、いつもより具合がいいんだよ」

　母の声がした。

「あの子のお陰かねえ」

「きっとそうでさ。大福餅なんか買うよか、よっぽど親孝行だ。おかみさんは果報者ですぜ」

「あたしはちゃんと分かっていたよ。あれは、本当はいい子なんだってね」

　恥ずかしくて、とても聞いていられなかった。

　おみつは、寝具をひっかぶって、また眠ってしまった。


　翌朝、おみつのところに文《ふみ》が届いた。

　差出人の名を見る前から、おみつにはそれが誰から届いたものか分かった。

　京さんからの手紙を、おみつはいつも心待ちにしていたのだから。

　おみつは封をしたまま、それを懐にしまって、父に頼んだ。

「おっかさんの病気が治るよう、寺にお参りに行きたいの。源八さんに付き添ってもらってもいいかしら」

「いいだろう。行ってきな」

菩提寺《ぼだいじ》の庭では、坊主が落ち葉を集めてたき火をしていた。

懐から文を取り出した時、さまざまな思い出が頭の中によみがえった。

祭に連れ出して、菓子を買ってくれた京さん。

少し照れたような顔をして、かんざしを渡してくれた京さん。

堀の中から遠目に見えた京さんと、おかみさんになるだろう小柄な女の人の姿。

さようなら。

おみつは心の中でつぶやいて、文をたき火の中に投げ入れた。

封も切らずに文を放ってしまったおみつを、源八が驚いたように見た。

「おみっさん、いいんですかい」

おみつはこっくりとうなずいた。

中に書いてあるのが、詫びの言葉か、未練の言葉か分からない。どのみち、おみつにはもう関わりのないことだった。

炎に焼かれて、文はみるみるうちに黒く、小さく縮んでいった。

手紙がすっかり灰になると、おみつは、煙の昇っていった空を見上げて、あの人が幸せになりますように、と祈った。

それから本堂に行き、母の平癒を祈って、源八と二人でご本尊に手を合わせた。

帰りがけに、大福餅を四つ買った。

嬉しそうに顔をほころばせた母と、しかつめらしく餅を受け取った父、黙々と大福餅をほおばる源八に囲まれて、おみつは、これまで食べたどんな菓子よりもおいしいと思った。

それから、橋を通りかかるたび、おみつはあの老婆を探したが、ついぞ見かけることはなかった。

あれはひょっとしたら、仙人様か菩薩《ぼさつ》様だったのかもしれないとおみつは思い、寺にえにし玉を奉納して、一家の安泰を祈った。


橋の上をちょこまかと小走りに走ってきたふとっちょ猫が、白髪の老婆の隣にちょこんと座った。

「大福、遅かったじゃないか」

白髪の老婆が声をかけると、薄汚い座布団の上に、くわえていたものを落とす。

赤い筋の入ったガラス玉が、ぽとりと落ちた。

猫が欠伸《あくび》でもするように口を開けると、ごろごろした声が響いた。

「人使いの荒いばばぁだぜ。奉納の玉を盗んでこいなんて」

老婆はむっとした顔になって、白猫を睨《にら》みつけた。

「人聞きの悪い。玉はあるべきところに戻ってきたんだよ。泥棒呼ばわりなんざすると、もう大福餅は買ってやらないよ」

白猫は情けなさそうに身をちぢこめ、老婆に身体をすりよせた。

「そう怒るなよ。その玉が、おっかさんの命を取り戻してくれたなら、あんたも極楽に一歩近づいたんじゃねえか」

老婆はかぶりを振った。

「残念だけど、いくらえにし玉だって、命ばかりは取り戻すわけにゃいかないよ。人には定められた寿命ってものがあるからね」

「もう長くはないのかい?」

「さて、長いと思うか短いと思うか、それはその人次第さね」

老婆はえにし玉を取り上げた。

しわくちゃのてのひらに赤い模様の影が落ちた。

「人生は帰り道のない旅みたいなもんだよ、振り返ってばかりいたら迷子になっちまう。それより、ちゃあんと目を見開いて、歩くことを楽しむことさ。同じ道は、二度と歩けないんだからね」

「ばばぁも、たまにはまともなことを言いやがる」

「あの子は前を向いて歩くことを覚えたんだよ。もう、こいつは必要ないね」

老婆はつぶやくと、えにし玉を壺の中にぽとんと落とした。

かん、ころん、と澄んだ音色が、橋の上に響き渡った。

第二話　やっかい玉

桜の花びらの浮く堀端を、二人の女が、からんころんと下駄の音を響かせて歩いてきた。

「バカバカしい、占いなんて、何の役にも立ちゃしないよ」

つまらなそうにぶつくさ言っているのは、色褪《いろあ》せた着物を着た三十がらみの女だ。

「まぁそう言わずに、おこうさん、一度観てもらいよ。そりゃあたいした占い師だって、評判なんだよ」

隣からそうなだめたのは、ふっくらした女で、滑らかな唐桟《とうざん》の着物に光沢のある黒帯をきりっと締めている。こちらは四十過ぎだろうか。

「おくにさんだって、その人に観てもらって、いい縁を見つけたそうだよ」

おこうと呼ばれた女は、仏頂面《ぶっちょうづら》をしてみせた。

「なんだかんだ言って、お種《たね》さんも早くあたしを厄介払《やっかいばら》いしたいんだろう。みんないいところに嫁いでいるのに、あたしばっかり縁がないもんだから」

「そんなふうに考えるもんじゃないよ」

お種は、福々しい顔に、困ったような笑みを浮かべた。

橋のたもとで足を止めると、お種は辺りを見回した。

「たしか、この辺りにいたと聞いたんだけど」

「もういいよ。帰ろうよ」

「ちょっと、向こうの橋を見てくるよ。ここで待っておいで」

お種は、興味がなさそうにそっぽを向いているおこうに言い含めると、急ぎ足で去っていった。

おこうは太鼓橋の真ん中に立って、堀の水の行く手を見やった。

落ちていく夕陽に照らされて、水面《みなも》は金色に輝いている。

両岸を歩いていくのは、花見帰りの客たちだ。

もう一杯ひっかけていこうという旦那衆。

気取った足取りで、しゃなりしゃなりと歩いていく娘御らに、好色な目を向ける男どももいる。

ああ、いやだいやだ。

おこうは身震いした。

あんな風に気取った娘も、それに食いつく男らも。

あたしが好きなのは、おてんとうさまだけだ。

おてんとうさまだけは、誰にも分け隔てなく、日差しを注いでくれる。人間のように、相手によって態度を変えたりしない。

そのおてんとうさまは、いつしかぐんぐん地平へ沈んでいった。

次第に暗くなってきて、道行く人影もまばらになり、ひんやりした風が吹いてくる。

お種はどこまで探しに行ったのだろう。

ひょっとしたら、占い師の話など真っ赤な嘘《うそ》で、自分はからかわれて、ここに置いてけぼりにされたのではないかしらん。

おこうは、次第にみじめな気持ちになってきた。

「あたしなんか、だぁれも好きになりゃしないんだ」

ぽつりとつぶやいて、欄干にもたれかかる。

おこうは、お種の営む一膳《いちぜん》めし屋、丸亀屋《まるがめや》で働いている。

お種はなかなかのやり手で、吉原《よしわら》帰りのお侍から近郷の百姓まで、丸亀屋を訪れる客たちは後を絶たない。

おこうが丸亀屋で働き始めたのは、もう十年以上も前のことだ。

同じくらいの年頃の娘がほかに二人いたが、おこうは誰よりよく働いた。

それなのに、お種はどうにも、おこうが可愛くないらしい。同じような失敗をしても、いつも叱られるのはおこうばかりだった。

お種ばかりではない。贔屓《ひいき》の客たちも、おこうよりほかの娘を可愛がった。

やがて、おこうと共に働き始めた娘たちは、みな嫁に行って、一人減り、二人減り、入れ替わりに若い娘らがやってきて、とうとうおこうは一番の年増になってしまった。

若い娘にばかり色目を使う男らを見ていると、気持ちもすさむ。

いや、若い娘だけに負けるのであれば、まだ諦《あきら》めもつく。

情けないのは、十も年上のお種にさえ、所帯を持とうと冗談交じりに持ちかける男がいるのに、自分にはろくすっぽ、話しかけてくる者さえいないことだった。

いい年をして独り身のおこうをそろそろ片付けてしまわねばと思ったか、お種は今までに幾度か、縁談を持ち込んできた。だが、どういうわけかどれも皆、破談になってしまう。

占い師に観てもらったらいい、と、お種が言い出したのは、そのせいだろう。

「占いなんぞ役に立つもんか」

おこうはため息をついた。

男ばかりではない。子供のころから、ご近所さんも親戚も、親でさえ、妹ばかり可愛がった。

自分は誰からも好かれぬ星の下に生まれたらしい。

おこうが心の中でそう決めつけたその時だ。

「ちょいと、こっちへおいで」

しわがれ声に呼びかけられて、おこうは振り返った。

背後の欄干に、いつの間にか占いの看板が出ていた。

小さな机を前に、みすぼらしい身なりをした老婆がちんまりと座っている。

『玉占〜たまうら〜』、と書かれた行燈《あんどん》が、肩までかかった白髪を照らし出している。

机の手前には、客のためか、ぼろぼろの座布団が置いてある。

行燈の反対側には、青い模様の描かれた大きな白い壺。

そのそばに置かれた大きな餅、と見えたのは、まるまる太った白い猫で、ぴかぴか光る金色の眼でおこうを見上げていた。

「占いが役に立つか立たないか、試してみたらいいさ。そら、ひとつ引いてごらん」

老婆は、脇に置いてあった壺に手をかけて、おこうのほうに傾けた。

「何を引くって？」

「この中の玉をひとつ選ぶのさ。引くだけならお代はタダだよ。ほれ、試しにちょっと、引いてごらん」

おこうはつい釣られて、老婆のほうへ歩み寄った。

壺に手を差し入れると、中はひんやりとしていて、思いのほか広かった。

肘まで中に埋めた辺りで、いくつもの玉が指に触れた。

かき交ぜると、きん、こん、からんと、澄んだ音が鳴り響く。

おこうは玉をつかもうとしたが、どうしたことか、どれもつるつると滑って指先から逃げていってしまう。

ようやくのことで、ひとつつまんで取り出した。

行燈にかざしてみると、どぶのような黒茶色の玉だ。

「ほぅらご覧、あんたにぴったりの玉が出てきたよ」

老婆がにやりと笑った。

「そいつはやっかい玉さ。あんた、みんなに厄介がられる鼻つまみ者なんじゃないのかい？」

「へん、人をバカにしやがって」

おこうは顎《あご》を突き出した。

「今さら驚きゃしないよ、厄介者だからどうだってんだい？　こちとら、消えてなくなるわけにはいかないし、おまんまを食っていくにゃ、働かなきゃならないんだ。向こうさんが勝手に鼻をつまもうが、あたしの知ったこっちゃないよ」

「強情だねえ。まあいいさ、あんたもあたしも似た者同士、助けてやれるかもしれないよ。大福や、ちょいと一《ひと》働きしておくれ」

老婆が言うと、太っちょ猫が大儀そうに身体をゆすって腰を上げた。

前足を壺にかけてするするとよじ登り、中に鼻面を突っ込んだ。

と見るうちに、そのままさかしまになって、ずっぽりと腹の辺りまで壺に埋まってしまったではないか。

しっぽと足がばたばたと空《くう》をかき、壺の中からきんからこんから、やかましく音が響いてきた。

おやおや、このでぶ猫、抜けられなくなったんじゃないかねえ。

おこうがそんな風に思ったとたん、ぽうんと猫が空中に飛び出した。

くるりと宙で身体をひねり、うまいこと着地を決めたでぶ猫は、座布団の上へくわえていたものを置いて、得意顔でおこうを見上げた。

でぶ猫がくわえていたのは、美しくつやつや輝く桃色の玉だった。

老婆が玉にちらりと目をやって言った。

「そいつは好かれ玉さね。身に着けてさえいれば、みぃんな、あんたのことを好きになる」

おこうはごくりと唾を飲み込んだ。

桃色の玉に魅入《みい》られたようになって、つい手を伸ばしかけると、老婆が身を乗り出してささやいた。

「あんた、気の強いことを言っておいて、本当は人に好かれたいんじゃないのかい？」

おこうは我に返って手を引っ込め、顎を上げてせせら笑った。

「へん、バカらしい。あたしはそんなもの、興味ないよ。調子のいいことを言って、金を巻き上げようっていうんだろう」

「あんたも口が減らないねえ。それなら、二、三日貸してやるから、それを身に着けていてご覧。てきめんに御利益《ごりやく》があるからね」

「お代がかかるんだろ？」

「確かに効き目があったと思ったら、またおいで。その時、お代をいただくよ。ダメなら返してもらうまでだ」

老婆は好かれ玉を取り上げると、おこうの手を取って、てのひらに押し込んだ。

「そら、持っておいき」

「そこまで言うなら、もらっておくよ」

おこうはしぶしぶという体《てい》で受け取ったが、内心、興味をそそられていた。

好かれ玉はつるりとして美しく、何やらおいしそうでもあった。効き目はともかく、そばに置いて愛《め》でていたいような不思議な魅力を持っていた。

「落とさないように大事に持って帰るんだよ。そら、そこに穴が開いてるだろう。帰ったら、紐か何かで、帯にくくりつけておおき」

「けど、まだ帰れないんだよ。ここで待っているように言われたんだ」

お種はまだ戻ってこない。

どこまで行ったのだろう、と、おこうが思案していると、老婆が骨張った指で、おこうの背後を差した。

「あんたの連れなら、向こうの橋にいるよ」

　おこうは半信半疑だったが、言われた通りに川下の橋へ向かった。

　はたして橋には、老婆に言われた通り、お種が立っていた。

　お種はおこうに気がつくと、下駄の音を響かせて走り寄ってきた。

「ああ、よかった、やっと会えた。おこうさん、どこに行っていたのさ」

「あたしはどこにも行きゃしないよ。お種さんこそ、こんなところで何をしてるんだい」

　おこうが尋ねると、お種は変な顔をした。

「何をしてるって、おこうさん、ここで待っておくように言ったろう」

「いいや、あたしが置いてかれたのは、ひとつ向こうの橋だよ」

　おこうは、川上のほうを顎でしゃくった。

　お種はいよいよ不審そうに首を傾《かし》げていたが、やがて言った。

「まあいいや、ともかくあんたが見つかってよかったよ。占い師はとうとう見つからなかったけど、また今度探してみよう」

「占いならもう十分だよ。さっき向こうの橋で占い師に会って、おかしな玉をもらったよ」

おこうが今しがたの話をすると、お種は仰天したようだった。

「そりゃ、あたしが探してた評判の占い師じゃないのかい？　ね、どんな玉をもらったんだい。見せておくれな」

おこうの取り出した玉を見ると、お種はたちまち、蕩《とろ》けたような表情になった。手に取って、うっとりと眺めているので、玉を取り上げられるのではないかと不安になったほどだ。

「ね、返しておくれよ。あたしがもらったんだよ」

おこうがお種から玉を取り返すと、お種はため息をついた。

「あんた、いいものをもらったねえ。おくにさんに見せてもらった縁結びの玉より綺麗だよ。いくら払ったんだい」

「いくらって、あたしは一銭も払っちゃいないよ。向こうが勝手に押しつけてきたんだよ」

「本当かい？　おくにさんは、高い値をふっかけられたと言っていたのに」

あんなボロを着た老婆に、おくにが大枚を払ったのには驚きだったが、そう言われてみると、好かれ玉がたいした値打ち物に思えてきた。

おこうは、お種の熱っぽい目から隠すように、玉を懐にしまった。

占いの玉ひとつに騒ぎ立てるなんてバカらしい。

そう思いながらも、娘時代に返ったような、少しばかり浮ついた気分になっていた。


翌日、おこうはいつものように、たすき掛けして店に出た。

帯には、あの好かれ玉を紐に通してくくりつけておいた。

ついでに赤桃色の珊瑚《さんご》のかんざしを挿して、花柄の着物を着てきていた。

若いころ、妹とそろいで両親に買ってもらったものだが、妹ばかりがよく似合うと褒《ほ》められるので、ずっとしまったままになっていた。

その妹は、とっくの昔に嫁に行き、おこうが老親の面倒を見ている。昔は幾度か縁談を持ってきた両親も、この頃では半ば諦めにも似た気持ちでいるようだ。

昼飯時、初めに店に現れたのは、貞吉《ていきち》という講釈師の男だった。

ちょいちょいやってきては、娘達をからかっている貞吉は、いつものようにぐるりと店を見渡すと、珍しくおこうに目を留めた。

「おや、どうしたい。おこうさん、今日はいつになくめかしこんでるじゃないか。もしかして男にでも会うのかい」

「バカらしい。男なんているもんか」

おこうが思わず言い返すと、貞吉は首をすくめた。

「おや、怖い怖い。悪気はないんだ、睨まないでおくれよ」

台所から顔を出したお種が言った。

「貞吉さん、うちの看板娘を口説きたいなら、今のうちだよ」

「はは、娘って年じゃあないが、言われてみりゃ、店の看板にゃ違いねえ。もう十年以上も、この店にいるもんなあ」

貞吉は、ひょいとおこうの顔を覗き込んだ。

「うん、こうしてよく見りゃ、なかなか愛嬌《あいきょう》があるじゃないか」

おこうは顔が熱くなり、ぷいとそっぽを向いた。

「愛嬌ならお多福にだってあるよ」

「はは、こりゃやられた。面白い人だなぁ」

貞吉は愉快げに笑っている。

きっとお種が、好かれ玉のことを、こっそり貞吉に話しておいたのだろう。ひそかに示し合わせて、自分をからかおうとしているに違いない。

おこうはそう思って、二人には取り合わないことにした。

しかし、それだけでは済まなかった。

後からやってくる客達は、どうもちらちら自分のほうを見ては、何かささやきあっているようなのである。

おこうはすっかり落ち着かなくなり、いつになく注文を間違えたり、箸を取り落としたりした。

夕刻になると、仕事帰りの男達が一杯ひっかけにやってきた。

おこうに無遠慮な視線を投げかけ、酒が回って大胆になったのか、だんだんと声までかかるようになった。

「おーい、こっちにつまみを持ってきてくれ」

「もう一杯つけておくれ」

あっちからもこっちからも呼び立てられて、おこうはてんてこまいになった。

酔って顔を赤くした身なりのいい客なぞ、手を挙げて猪口《ちょこ》を振り、

「そこの別嬪《べっぴん》さん、こっちへ来て、あたしらに酌をしちゃくれないかい」

なぞと呼びかけるありさまだ。

「からかうんじゃないよ」

おこうは言い返しながらも、お代わりの徳利《とくり》を取ってきた。

と、その隣で真っ赤な顔をしていた酔っ払いが、素早く手を伸ばして、つるりとお

こうの尻を撫でたではないか。

おこうはびっくりして、徳利を取り落とした。

「あつっ」

燗《かん》をつけた酒が足にかかり、悲鳴を上げる。

文句を言おうとした途端、後ろから声がした。

「この下衆《げす》野郎！」

振り返ってみると、なんと、背中合わせに座っていた若者が憤然とした顔で立ち上がり、酔っ払いを睨みつけている。

「あぁ、なんだってんだ。この女、あんたのこれか」

お前の女なのか、と、酔っ払いが小指をたてた途端、若者はいきなり酔っ払いにつかみかかり、襟首をつかんで引き倒した。

酔っ払いも負けてはいない。

「くそっ、何しやがる」

そう言うや、若者に飛びかかった。

つかみ合いを始めた二人を止めようとしたおこうは、あおりをくって膳にぶつかり、こぼれてきた熱い味噌汁《みそしる》をかぶって再び悲鳴を上げた。

とうとうお種が駆けつけてきて割って入った。

「あれあれ、お客様、やめてくださいな。ほら、みんな、おこうさんを助けてやって」

おこうは店の娘たちに助けられて裏方へ引っ込んだ。

店の表は、野次馬も交じって大騒ぎだ。

せっかくの着物も味噌汁まみれになってしまい、すっかりくたくたになって、おこうはその日の仕事を終えたのだった。


翌朝、目を覚ましたおこうは、昨日のことは夢ではないかと思った。

けれど、枕元にはやはりあの桃色の玉があり、魅惑的な輝きを放っている。

しばらく迷ってから、おこうは好かれ玉を帯の間に押しこんだ。

昨日の騒ぎには困惑したものの、思いがけず男達に騒がれて、おこうの中で何かがうずいているのも確かだった。

それでも少しは慎重になって、昨日よりは地味な着物を手に取った。

口に軽く紅をさし、鏡で髷の様子を確かめてから家を出た。

いつもより軽い足取りで、おこうが丸亀屋の裏から入ろうとすると、誰かに呼び止められた。

見れば、昨日酔っ払いに飛びかかっていった若者が、顔を真っ赤にして立っている。

「あ、あの、昨日はとんだことをしちまって。やけどしなかったかい」

「いいんだよ。あたしをかばおうとしてくれたんだろう」

優しく言ってやると、若者はもじもじしながら何か差し出した。

手に取ってみれば、見た目もつややかな柘植《つげ》の櫛《くし》だ。

「昨日の詫びに、もらってやってくれよ」

「もらえないよ、こんなもの」

おこうは驚いて言ったが、若者が哀しげにうつむいたので、あわててつけたした。

「だってこれ、高価なものだろう」

若者は勇気を得たように顔を上げておこうを見た。

「そう思うかい?」

「ともかく、あんたがあたしに詫びる必要はないよ。店に返しておいでよ」

「買ったもんじゃない。これ、俺の作った櫛なんだ」

若者は胸を張った。

「へえ、そりゃあ……」

若者は、櫛職人だったらしい。

「俺、助七《すけしち》ってんだ。まだ見習い中だけど、これは親方に褒められて、とっとけって言われたんだ。おこうさんに使ってもらえたら……」

頬を上気させて言う様子を見て、おこうにもぴんときた。詫びというのは口実で、若者はおこうに自慢の櫛を渡したかったのだ。

驚いたが、悪い気はしなかった。

自分の気を惹《ひ》きたくて、これほど懸命になっている男を見るのは、おこうには生まれて初めてのことだ。

「じゃあ、ありがたくもらっておくよ」

珍しく悪態もつかずにおこうが手を伸ばすと、助七はほっとした顔になった。

「時に、おこうさん、団子は好きかい?」

「そりゃまあ、うまい団子ならね」

「とびきりうまい団子屋を知ってるんだ。今度連れていくよ」

「あたしなんかより、若い娘《こ》を誘ったほうがいいんじゃないのかい」

おこうが意地悪く言ってやると、助七は真剣な顔で首を振るのだった。

「俺はおこうさんに食べさせてやりたいんだ。な、いいだろ」

「分かったよ。とりあえず今日はお帰り」

おこうは笑って助七を見送った。

助七は振り返り振り返り、名残惜しそうに去っていった。


店に入って支度をしていると、今度はお種から呼ばれた。

反物屋《たんものや》からの使いが、おこうに会いたがっているらしい。

はてなんだろうと思いながら手を拭き拭き外へ出ると、使いがうやうやしく風呂敷包みを差し出した。

「うちの旦那様から言いつかってまいりました」

開けてみると、正絹《しょうけん》の反物が入っている。高そうな干菓子《ひがし》まで添えてある。

おこうはあっけにとられて、使いに言い返した。

「こんなもの、頼んでないよ」

「いえ、旦那様から、あなたに差し上げるようにと申しつかってまいりまして。なんでも昨晩、若旦那が迷惑をかけたとかで、そのお詫びだそうです」

「こんな高価なもの、もらえないよ」

「いや、受け取ってもらわないと、私が叱られます」

押し問答した挙句、使いは、どうしても返すのなら店まで来て、旦那に直接断ってほしいと言い出した。

おこうは仕方なくお種に断って、反物屋へと足を運んだ。

店のあるじは、あの酔っ払いと一緒に姿を現した。

「昨晩は、せがれがとんだご迷惑をおかけしまして……」

あるじは、おこうを見ると、ふかぶかと頭を下げた。

「どうも悪い酔い方をしたようです。普段は分別をわきまえていて、喧嘩《けんか》なぞ、けっしてしないのですが……」

酔っ払いの息子は、昨日とはうって変わって神妙にしている。

「ほら、お前も謝りなさい」

「本当にお恥ずかしいことをしました」

息子は手をついて頭を下げ、

「あなたを見ていたら、ついぼうっとなってしまって、魔が差しました。どうか許してください」

と、申し訳なさそうに声を震わせた。

あるじも隣から言い添えた。

「汚してしまった着物のお詫びに反物をお渡ししたつもりが、かえってご面倒をかけてすみません。どうぞ好きな柄のを選んでいってくださいな」

「でも……」

「よろしければ、寸法をとらせてもらえませんか。うちで仕立てさせてもらいますよ」

強引に引き留められて、おこうは反物を返すどころか、着物を仕立ててもらう羽目になった。

あるじはそれから茶菓子を出してきて、おこうにあれこれ話しかけた。

聞けば、三年前、妻を亡くして、あるじも息子も寂しく暮らしているとのことだった。

「よく働く女房でしたがね」

と、ひとしきり思い出話なぞした挙句、おこうを見て目を細めた。

「あなたもとても気持ちのいい働きっぷりだったと息子に聞きましたよ。あなたがうちに来てくれれば、きっとこの店も活気が出るでしょうねえ」

おこうは困ってしまって、そうそうに腰を上げた。

このままいけば、店で働いてほしい、いや、息子の嫁にほしいなどと言われかねない様子だった。

軽い気持ちでもらってきた玉の効き目がこれほどとは、おこうは思ってもみなかった。

怖いような嬉しいような複雑な気持ちで、それでいて、もう二度とこの玉は手放せないと思ったりもした。

こんなことはほんの序の口に過ぎなかった。

先の騒動も手伝って、『丸亀屋のおこうさん』は、町の噂《うわさ》になっていた。

おこうを一目見ようと、大勢の客が丸亀屋に押しかけた。

助七や、反物屋の親子のように、おこうの気を惹こうとしたり口説こうとしたりする男達も少なくない。

うっとうしくなって、邪険《じゃけん》にすれば、かえって、

「つれないところが、またたまらない」

なぞと言い始める始末。

男ばかりではない。玉の力は女にも及ぶらしく、幼女から老婆まで、おこうさん、おこうさん、と、まとわりついてきた。

丸亀屋は、今までにない繁盛ぶりだ。

「本当に、たいしためっけもんをしたもんだよ」

お種は何度も言うのだった。

「おこうさんは、この店の宝物さね」

「お客を呼び込む招き猫？」

おこうが苦笑いすると、お種は真面目《まじめ》な顔で言い返す。

「本当さ。働き者の上に、人気者。あんたのような子には、なかなかお目にかかれないよ」

「よく言うよ、早く嫁に行けとうるさく言っていたくせに」

「お嫁にねえ」

お種は切なげにため息をつき、言うのだった。

「ああ、おこうさんがいなくなったら、きっと寂しくなるだろうよ。でも、おこうさんには幸せになってほしいからねえ」

そんな風に言われると、おこうはこそばゆいような、薄気味悪いような、妙な心持ちになってくるのだった。

おこうはまだ嫁に行く気などなかった。

夢中になって口説いてくる男はいくらもいたが、これぞという男はまだいない。会う人会う人、自分を好いてくれるのだから、もっといい人もいるのではと欲も出る。

生まれて初めてちやほやされて、この満足感をもう少し味わっていたい気持ちもあった。

そんなある日のことだ。

帰りがけに店の客達にまとわりつかれて、いつもより遅くなったおこうは、急ぎ足で家へ向かっていた。

すでに陽も傾き、影が長い尾を引いていた。

家へと向かう橋を渡ろうとしたおこうは、ぎくりとして足を止めた。

いつかの老婆がそこに座っていた。

前に会った橋からは、ずいぶんと離れている。

壺のそばには、相変わらずあの太っちょ猫が、前足を折りたたんで香箱座《こうばこずわ》りし、金色の眼でおこうを見上げていた。

なぜこんなところで看板を出しているのかといぶかしく思ううちに、老婆は向こうから声をかけてきた。

「玉は役に立ったかい」

おこうは、老婆と、その隣に座っている猫の金色の眼から顔をそむけるようにして、わざとそっけなく答えた。

「まあ、効き目はたしかにあるようだよ」

いくら吹っかけてくるつもりだろうと警戒していると、案の定、老婆が持ちかけてきた。

「お代を払う気になったかい？」

「いくら払えばいいんだい」

おこうはしぶしぶ聞き返した。

「その玉は、一日八文で貸し出すことにしているんだよ。十日分で八十文さ」

「なんだって、貸すだけで、一日八文も取るってのかい？」

顎を突き出すと、老婆はにぃっと薄笑いを浮かべた。

「それだけの価値はある玉だよ。そうは思わないかい？　どうか当分の間貸してほしい、そう言って、五両置いていった人もあるくらいだ」

「五両だって！　あたしにそんな金、払えるわけがないじゃないか」

「払えるともさ。金ってのは、愛嬌につられて集まってくるもんだ」

おこうは、今まで男達にもらった品々を思い浮かべた。

あれを売ったらいくらになるだろう、と、算盤《そろばん》をはじきかけ、急いで頭《かぶり》を振る。

「もらいものを売っ払うなんて、あたしにゃできないよ」

「あんたもたいした欲張りだねえ。玉のおかげでもらったものを、全部ひとり占めしたいってのかい？」

「そうじゃない、もらいものを売っ払うなんて不義理だって言ってるんだ。たしかに着物や櫛はもらったけどさ、割《さ》いてあんたにやるわけにゃいかないし」

「ふん、ま、あんたの言い分も分からなくもないけどね」

老婆はつぶやいて、ぶつぶつ独り言を言っていたが、やがておこうに目を据えた。

「なら、今度金をもらった時に、その半分をあたしのところに持ってくるってのはどうだい」

「金を？」

「金は天下の回り物っていうからね。それならいいだろう」

老婆にじっと見つめられて、おこうは否とも言えなくなった。

あいまいにうなずいて、逃げるように立ち去ろうとすると、

「きっとだよ」

後ろから声がかかった。

太った猫が老婆の隣でにゃあと鳴いた。


家に帰ると、両親がおこうを待ち構えていた。

「お前に話があるんだがね」

両側から手を取って座らされ、何やら嫌な予感にとらわれていると、さっそく母親が切り出した。

「どうしても、お前を嫁に欲しいと言う人がいるんだよ」

助七さん、いや反物屋の息子だろうか、それとも……と考えていると、父親が膝を進めて言った。

「聞いて驚くな。それが、町方同心の三上《みかみ》様なんだ」

「冗談だろう」

誇らしげに言う父に、おこうは仰天して聞き返したが、母までもが嬉しそうに言う。

「あたしたちも驚いていたんだがね、ぜひにと言ってどうしても帰ろうとしないんだ。とうとう支度金に十両も置いていかれたんだよ」

おこうは息を飲んだ。

あの老婆の差し金に違いない。同心に、おこうを嫁に欲しいのならと金を出すようにそそのかし、半分くすねようという腹だろう。

おこうは、ついかっとなって言った。

「冗談じゃない、断っておくれよ」

「どうしてだい、三上様なら身元も確かだし、悪い話じゃないだろう」

「とんでもないよ。あたしに同心様の女房なんて務まるはずないだろう」

おこうは懸命に断ったが、両親はどうにかおこうを説得しようと、かわるがわるに身を乗り出してくる。

「娘っこじゃあるまいし、どうしてそうかたくなになるんだね。お前のような年増《としま》に、こんないい縁談はそうそうあるもんじゃないよ」

父が言えば、母もうなずいて口を合わせる。

「あたし達だってもう年だからね。目の黒いうちに、晴れ姿を見せておくれ。それが何よりの孝行ってもんじゃないか」

二親《ふたおや》から、やいのやいのと責め立てられて、おこうはとうとう立ち上がった。

「ああ、ひどい。こんなのって、ないよ」

「これ、おこう」

引き留めようとする両親を置いて、おこうは家を飛び出した。

夢中で走って、先ほどの橋まで戻ってくると、老婆も猫もまだそこにいた。

老婆は、おこうの姿を認めると、空とぼけたように尋ねてきた。

「おや、どうしたね」

「ひどいじゃないか」

おこうは身体をわななかせた。

「あんた、金欲しさに縁談を仕組んだんだろう。家に帰ったら、同心様とやらが、きっかり十両残していたよ。あたしをダシに、五両せしめようったって、そうはいかないよ」

老婆は呆れたように頭を振った。

膝元の白猫をみやり、半ば独り言のように言う。

「大福や、聞いたかい。ひどい守銭奴もあったもんだね。十両ももらっておいて、あたしにゃ、半分もやりたくないとよ」

太っちょ猫がしたり顔でにゃあと鳴いた。

おこうは苛立って言い返した。

「金の話じゃないよ。あたしは、お武家様のところへ嫁に行くなんてまっぴらごめんなんだ」

老婆はおこうを見て、眉を上げた。

「なら、急いで男を選んで、今日明日にでもあんたの両親に引き合わせるんだね。支度金は返すように言うんだ」

「今日明日ってそんなに急に？」

おこうは不安になって問い返した。

「そうすれば手遅れにはなるまいて。今のあんたに一緒になりたいと頼まれれば、二の足を踏む男はあるまいよ」

「でも、選ぶったって、誰を選んだらいいんだい」

「誰だって、好きな男を選べばいいじゃないか」

おこうはちやほやしてくれる男達の顔を、一人ひとり思い浮かべた。

誰一人としてこれという者はいなかった。

男達はみな、おこうがちらと見てやるだけで、目を輝かせる。声をかけようものなら、蕩《とろ》けるような顔になる。

けれど肝心のおこうのほうは、いくら熱っぽい目で見つめられても、ちっとも熱が沸き起こってこないのだ。

「そんな急に、選べっこないよ。そもそも、あたしは嫁になんか行きたくないんだよ」

「あんた、いつまでも独り身でいて、ほうぼうからちやほやされたいってのかい。いくら好かれ玉だって、あんたを永久に若いままにしておけるわけじゃないんだよ」

「そうじゃない、そうじゃないけどさ……」

おこうは身体をくねらせた。

「この人と添いとげたい、この人のためなら死んでもいい、一生に一度くらいは、そんな恋をしてみたいじゃないか」

老婆はため息をついた。

「やれやれ、欲ってやつは限りがないね。まあいいさ、あと少しだけ、つきあってやろうかね」

老婆は手を伸ばして、川上のほうを指さした。

「明日の朝、あたしと出会った橋に行ってごらん」

おこうは唾を飲んだ。

「行ったら、何があるって言うのさ……」

「それは行ってのお愉《たの》しみさ」

老婆はにやりと笑った。


おこうはその晩、まんじりともしなかった。

老婆の言う通り、橋に行けば本当に、一生ものの恋ができるのだろうか。

役者のような優男《やさおとこ》なのか、鳶職《とびしょく》のような伊達者《だてもの》なのか。

一目見ただけで恋に落ちるような男というのが、おこうには想像がつかなかった。

早朝に鳥の鳴き声が聞こえてくると、おこうは迷い始めた。

やはり行くのはやめたほうがいいのではないか。

あの老婆の思いのままになるなんて、癪《しゃく》じゃないか。

男のことが気に入るとも限らないし、今日初めて会うような男を選んでしまえば、他の男達は傷つき、腹を立てるだろう。

あれこれ思い悩んだが、結局は好奇心のほうが勝《まさ》った。

「どうせ、がっかりするに決まってる」

そう自分に言い聞かせながらも、おこうはくだんの橋へ足を運んだ。

朝焼けの町の中、人の行き来はまだまばらだった。

橋の近くまでやってきて、おこうは足を止めた。

橋の真ん中で、一人の男が、思い悩むように水面を見つめていた。

遠目にちらと見ただけで、おこうは、ああ、老婆の言っていたのはあの人だと分かった。

とびきりの男前というわけではない。年はおこうと同じくらい。高価な着物を着ているわけでもない。

なのに、走り寄って近くに行きたい、声をかけたいという気持ちがどこからともなく湧き上がってくる。

心中《しんちゅう》と裏腹に、足がすくんだまま踏み出せず、おこうはじっと男を見つめていた。

こうしていても始まらない。近づいて声をかけなきゃ。

そう自分に言い聞かせ、ようやくのことで一歩踏み出したものの、近づくほどに足が重くなり、心の臓が苦しくてまともに目を合わせられなくなった。

なんと言って声をかけたらいいだろう。

『おはようございます、綺麗な朝焼けですね』

考え事をしているところへ、急に声をかけたりして、おかしな女だと思われないか。

『どうしました、何か悩みでも？』

いくらなんでも、馴れ馴れしい。

迷う間にも、距離はぐんぐん近づいてくる。

せめて一声だけでもかけてみようと、ようやく勇気を出して顔を上げた時だ。

「勇次《ゆうじ》さん！」

おこうの背後から声がして、下駄の音が近づいてきた。

振り返ってみれば、色鮮やかな着物を着た若い娘だ。

娘は男にまとわりついて、袖を引いた。

「勇次さんたら、こんなところにいたの。ね、早く戻って。見てほしいものがあるの」

この人にはもういい人がいたのだ、と思うと、おこうの胸は締めつけられた。

足早に通り過ぎたが、橋を渡り終えて、こらえきれずに振り返ると、ふと男と目があった。

おこうは急いで顔をそむけたが、男の姿が目の奥に焼きついてしまって離れない。

後ろ髪を引かれるとはこういう想いを言うのだろう。

橋を背にのろのろと歩きながら、おこうは幾度も、小さくため息をついたのだった。

丸亀屋に出たおこうは、ほどなくお種から、今日は帰ってお休み、と、言い渡された。

ぼんやりして仕事もろくに手につかず、ふたつも茶碗を欠いてしまったのだ。

帰る前に、おこうはもう一度、あの橋に立ち寄った。

往来の人を探したが、当然ながら、男の姿は見当たらない。

欄干にもたれかかって、未練がましく好かれ玉を撫ぜながら、おこうは思わず不平を言った。

「あんまりじゃないか」

あの老婆ときたら、運命の人に会えるようなことを言っておいて女のいる男に会わせたのだ。

恋を実らせたいのなら、と、また吹っかけてくるに違いない。

ああ、悔しい。

けれど、もう一度だけでもいい、あの人に会いたい。

会ってもどうにもならないのは分かっているが、もう一度だけ会ってみたい、いや、一目見るだけでもいい、そうでなければもう一刻《いっとき》だって我慢ならない。

おこうが切なくため息をついた、その時だ。

橋の向こうから、見覚えのある姿が近づいてきたのに気づいて、おこうは思わず息を飲んだ。

好かれ玉を握りしめたまま、立ち尽くしていると、男は向こうから声をかけてきた。

「おや、今朝も会いましたね」

軽く微笑むのに、おこうはしびれたようになりながら、ようようとうなずいた。

「この辺り、よく来るんですかい」

おこうはあいまいに笑って、男に尋ね返した。

「あんたは？」

「私は勇次ってもんです。この少し先の小間物屋で働いてるもので、ここへはよくやってきます。なかなかいい眺めでしょう」

「ええ、ほんとう」

おこうは川をちらりと振り返り、うっとりと言った。

今までまるで気づかなかった。水面に映る柳の影の、なんと穏やかで美しいことか。

「あたしは、おこう」

「おこうさん？　もしかして、あの……」

あたしの評判を聞いていたのだとおこうは嬉しくなったが、気づかないふりを装った。

「一膳めし屋さんで働いているんでしょう。今日は仕事のお使いですかい」

「いいえ、今日は早引《はやび》けさせてもらったの」

「なら、少し一緒に歩きませんか」

おこうは夢を見ているような心持ちで、ぼんやりとうなずいた。

勇次とおこうは一緒に人気のない神社の境内に腰を下ろして、しばらく語り合った。おこうは、相手の目の中に、自分と同じ熱が宿っているのに気づいていた。手の中の好かれ玉が、奇跡を起こしてくれたに違いない。

神社を出て、しばらく池の周りを散策した後、自然な流れのように出合茶屋へ向かった。

初めて言葉を交わした男と行くようなところではないと、おこうにも分かっていたが、頭の中が真っ白になって、何も考えられなかった。

早引けした店のことも、勇次と歩いていた女の影も、自分に惹かれてやってくる大勢の男達のことも、支度金を置いていった同心のことも忘れてしまった。

生まれて初めて男の腕に抱きすくめられ、おこうはただただ、痛みと喜びに声をあげてもだえた。

　疲れきった表情の勇次が身を横たえたころ、おこうはようやく今朝の女のことを思い出した。

「勇次さん、今朝の女の人は誰？」

　勇次は苦しげにうつむいた。

「勇次さんのいい人？」

「あれは、小間物屋の一人娘でね。私はなんとも思っちゃいない。ただ……」

　向こうから言いよってきたのだろう、と、おこうは思った。

　これだけいい男なのだもの、口説かれてもおかしくない。

　気の毒に、奉公人という立場では、むげにもできまい。

「娘さんのご両親はなんて？」

「旦那とおかみさんは、娘と私をくっつけて、跡を継がせる気でいるようだ」

　おこうはため息をついた。

「なら、どうしてあたしなんかに声をかけたの」

「分からない。おこうさん、あんたを見たら矢も盾《たて》もたまらなくなってしまって」

　勇次は呻《うめ》くように言った。

「おこうさんこそ、いい人がいるんじゃないのかい?」

「いい人なんて、いやしないわ。ただ……」

おこうは、同心の縁談を思い出した。

「そういえば、あたしを嫁に欲しいって話がきてる」

「それ見たことか。ご両親はなんて言ってるんだい」

「それが、支度金を受け取って舞い上がっちまって、話を受けろってうるさくて。でも、金なんて突っ返しゃいいもの。あんた、うちの両親に会ってくれない?」

勇次はしばらく考え込んでいたが、やがて決心したように言った。

「なあ、おこうさん。このまま一緒に江戸を出ないか」

「何を言い出すの」

おこうは驚いて言い返した。

「私はおこうさんと一緒に暮らしたいんだ。だが、あんたには縁談が持ち込まれているし、私にも旦那の一人娘がいる」

「そんなの、断ったらいいじゃない」

「そう簡単にはいかない。旦那から、金を借りているんだ」

「いくらぐらい?」

「私なんかには、とても返せる額じゃない」

「なんだってそんなに借りたりしたの」

「旦那は、返さなくても、店を継いで大きくしてくれればいいと言ってくださったんだ」

娘婿になることを前提で金を貸したなら、縁談を断れば返せと迫ってくるだろう。支度金の十両が、ちらと頭の中をよぎった。あの金も、いまのうちに返さなければ厄介なことになるだろう。

勇次は真剣な様子で、おこうの顔を覗き込んだ。

「だからね、おこうさん、一緒に逃げよう」

「いけないよ」

そう言い返したものの、勇次の瞳を見ていると頭がくらくらしてきて、もう何もかもどうでもいいように思えてきた。

「あんたを手放すくらいなら、いっそ死んだほうがましだ」

勇次はおこうをきつく抱きしめた。

「他の男のところへ嫁にやるなんて、考えただけでもぞっとする」

「だけど、どこかに行く当てがあるの。あたしは生まれてこの方、江戸から出たことがないんだよ」

「私の親戚が富山《とやま》のほうにいるんだ。それにどこへ行ったって、なんとか二人で、食うに困らないだけの金は稼げるだろう」

「バカ言って。そんな考えなしだと、女房を売り飛ばす羽目になるよ」

「そんなことするもんか。おこうさんと一緒なら、黄泉《よみ》の旅路だって歩いていくとも」

惚《ほ》れ込んだ男にここまで言われては、おこうも否とは言えなかった。

「分かったよ。ついていくよ」

おこうは勇次の背に腕を回した。

そのまま、幸せな気持ちでまどろんだ。


目覚めてみると、勇次の姿がなかった。

冷や水を浴びせられた気持ちになって、おこうは気だるい身体を床《とこ》から起こした。

あんなことを言っておいて、もう早速気が変わってしまったのか。

それとも、あの老婆の差し金だろうか。

手早く着物を身に着けて廊下に出たところで、何かが足にぶつかった。

足元に、光るものが落ちていた。

つやつやした桃色の玉。好かれ玉。

昨日、ここへ落としてしまったのだろうか、と、おこうは不思議に思った。

そんなはずはない。帯にしっかり結んであったはず……

かがみこんで拾い上げようとした時、勇次が廊下の向こうからあたふたとやってきた。

青白い顔に無精ひげが伸びて、昨夜の魅力は薄れていた。

勇次は目を血走らせて、きょろきょろしていたが、おこうを見ると、あっと声をあげた。

「こんなところに落ちていたのか」

勇次が伸ばした手を、おこうはとっさに払いのけた。

「あたしのよ」

「何言ってるんだ、これは私の……」

おこうと勇次は顔を見合わせた。

「笑い話じゃないか、まったくねえ」

おこうは鼻を鳴らした。

「厄介者だった冴えない男が、好かれ玉欲しさに金貸しから五両も借りてさ。玉のお陰で、旦那からも娘からもちやほやされるようになって、これで借金も返せるとほくほくしていたところに、あたしが現れたってわけ」

丸亀屋の台所で、おこうはお種にくだんの話を打ち明けたところだった。

働き者のおこうが店を休んで以来、客足がぱたりと途絶えてしまったのを、お種はしきりと不審がっていた。

おこうは白《しら》を切るのも面倒になり、勇次のことを洗いざらい白状してしまった。

「それで、あんた、好かれ玉はどうしたんだい」

「あんな玉、占い師に突っ返してやったよ。あの男の分とふたつまとめてね。あいつの五両も取り返してやった」

おこうが言うと、お種はため息をついた。

「もったいない。あの調子で客が増えていくなら、遠からず元は取れたはずだよ」

「そんなに言うなら、お種さん、自分で玉をもらってくればいいじゃないか。あの業《ごう》突《つ》く婆さん、五両出せば、喜んで玉をくれるだろうよ」

「それが、どんな玉がもらえるかは、その人次第らしいんだ。第一、どこにいるかも分からない。あれからずっと占い師を探しているんだけど、あたしにはちっとも見つけられないよ」

　悔しげに言うところをみると、お種は本気で玉を欲しがっていたらしい。おこうは頭を振ってみせた。

「お種さん、あんたにゃ悪いけど、あたしは、玉なんかに惹かれてくる客も男も、もううんざりさ。いなくなって、せいせいしたよ」

　お種はしばらく黙っていたが、やがておこうの顔をつくづくと眺め、しみじみ言った。

「けど、おこうさん、あたしはやっぱり、あんたが玉をもらってよかったと思うよ」

「ふん、ちょっとは店の売り上げの足しになったからだろ」

「そうじゃないよ。あんた、今まで、笑うこともめったになかったし、こうしてあたしに打ち明け話をしてくれることもなかったじゃないか」

「そうかねえ」

「そうだよ。講釈師の貞吉さんだって、そう言ってたよ」

　お種が一人合点してうなずいた時、店の表で声がした。

「すいません、まだ店は開いてなくって……え、おこうさん？　ええ、奥にいますけど」

声を聞きつけて台所を出たおこうは、縄暖簾《なわのれん》を分けて入ってきた男の顔を見て、あんぐりと口を開けた。

あわてて走り寄って、男をたしなめる。

「あんた、こんなところへ何しに来たのさ」

「いや、あれから結局、小間物屋を追い出されてしまったものでね……」

「文句を言いに来たのかい。言っとくけど、あたしを恨むのはお門違《かどちが》いだよ。あんな玉に頼っていたら、あんた、きっとまた道を誤るよ」

「いや、そうじゃない。けど、事情を知っているのは、あんただけだろう。だから、これからのことを相談に乗ってもらえないかと……」

「やめとくれよ。こんなところまで押しかけてきて、みっともない」

「ちょいと」

お種が台所から出てきて、おこうの袖を引き、隅のほうへ連れていってささやいた。

「もしかして、あれが話に出た勇次さんとやらかい」

おこうは顔をしかめてうなずいた。

「小間物屋を追い出されて、あたしに相談に乗ってほしいってさ。ほんとにしようのない男だよ」

「やっぱり、あんたに気があるんじゃないのかねえ」

「冗談じゃないよ。あんな男の面倒を見るなんてごめんだね」

「ほら、茶くらい出してやりなよ。飯もそろそろ炊けるからさ。腹に何か入れたら、元気になるかもしれないよ」

　おこうはため息をついて、茶碗に茶を入れ、勇次の前へ乱暴に置いた。

「ほらよ。飯を食っていくなら、今日はおかみさんのおごりだそうだよ」

「おお、それはありがたい。お菜はなんだい？」

「まったく、調子に乗りやがって。あんたにゃ、味噌汁と沢庵《たくあん》で十分だよ」

　おこうは悪態をついたが、仏頂面で今日の菜を並べたてた。

「めざし、卵焼き、切り干し大根に高野豆腐の煮しめ……」

「じゃあ、卵焼きをもらうよ」

　勇次は手を揉《も》んで、おこうを拝むようにした。

　夕暮れ時、橋の上に、そよそよと風が吹いてきた。

　ござの上に座っていた老婆の隣で、ちりりん、と澄んだ鈴の音が響いた。

おや、とつぶやいて、老婆は傍らに座っていた太っちょ猫を覗き込んだ。

「いい音だ。大福や、少しは功徳がたまったかね？」

「ふん、おかしな時分に鈴が鳴りやがる。因業《いんごう》ばばぁが、いつ善《い》いことをしたってのかね」

太った白猫が、喉を鳴らすようにうなった。

「さあ、知らないね。善いも悪いも、あたしにゃたいした違いはないよ」

「ばばぁのすることと言ったら、誰かれ構わず玉を渡して、金を吹っかけるだけじゃないか。この間も、五両も吹っかけるもんだから、どっちからも金をとりそびれてなあ」

「こいつのことかい」

老婆がひょいと袋に手を突っ込んで、桃色の玉をふたつ取り出した。

「おう、それだ。人に好かれる玉なのに、たいした剣幕《けんまく》で突っ返されたじゃねえか」

「玉をどう使うかは人それぞれさ。あんたにゃ、猫に小判ってとこだろうけどね」

老婆はござの上に玉を並べてみせる。

「バカにしやがって。しかしこいつは、どうにもうまそうだなあ」

なかよく並んだ桃色の玉を見て、白猫は舌なめずりした。

「大福や、あんた、食いもんにしか興味がないのかい。喉に詰まらせて死んじまっても知らないよ」

猫はふてくされたように身体をふくらませた。

「食わねえよ。みんなから追いかけ回されちゃたまらない」

「ほらね。あんたにゃ猫に小判だって言ったろう」

「ばばぁこそ、その玉が必要なんじゃないのかい。そうすりゃ、少しは人様から可愛がられるかもしれないぜ」

「ごめんだね。つきまとわれるのは、あんただけで十分だよ」

「へん、俺だって好きでつきまとっているんじゃねえや」

猫は、ぷいとよそを向いた。

「さて、今日はそろそろ店じまいにするかね」

老婆は玉を取り上げて、壺の中にぽとんと落とした。

暗くなり始めた橋の上に、きん、こん、からんと澄んだ音が響いた。

老婆は、しわだらけの顔に、満足げな笑みを浮かべて腰を上げた。

第三話　びびり玉

「おかしいのぅ」

俵兵衛《ひょうべえ》は、橋のたもとをおろおろと行ったり来たりしながら、もう何度目かになるため息を漏らした。

陽もだいぶ傾いて、川岸で商っていた町人どもも、おおかた引き上げてしまった。

もう少しすれば、つるべ落としに陽も沈んで、すっかり暗くなってしまうだろう。

二本差しの侍が、頬かむりして夜闇《やあん》の中を歩いていたら、辻斬《つじぎ》りと間違われかねない。

いや、実を言えば、怯《おび》えているのは、俵兵衛のほうであった。

顔を出すのが恥ずかしくて、頬かむりなぞしているくせに、町人に身をやつさなかったのは、刀を置いてくるのが心細かったからだ。

この辺りには出ると脅された。

若殿のおたわむれかもしれぬし、そもそも幽霊相手に刀が役に立つものかどうかも怪しい。

だが、怖いものは怖い。

若殿があのようなご無体《むたい》をお申しつけにならなければ……

「今日は日和《ひより》が悪いのかもしれぬ。また日を改めて来ようかのう」

俵兵衛はそう自分に言い聞かせようとしたが、手ぶらで帰れば、若殿の機嫌を損ねそうで、それも怖い。

出がけにもっとしっかり場所を確かめてくればよかった。

若殿が何かお申しつけになる時は、いつも急である。

今日も突然呼び出されて、

『今すぐまいれ』

そう命じられた。

若殿の話では、この辺りの橋に、なんでも当ててみせるという占い師の老婆がいるらしい。人の運命を当ててしまうばかりか、不思議な玉の力で、運命を変えてしまうことすらできるそうだ。

今からですか、と問い返したりしたら、叱り飛ばされるのは目に見えている。

ははぁっ、とかしこまるしかない。

『あの辺りには、橋から身投げした女の幽霊が出るなどという噂もあるがのう』

若殿は、肥えた巨体を揺すって、ほほと笑ってみせた。

『驚いた顔をしてどうしたのじゃ。まさか、怖がっているのかのう。まぁ、陽の高いうちならば、幽霊も出たりはすまい』

それを聞いて、俵兵衛は、鉄砲玉のように屋敷から飛び出したのである。

うろうろ堀端を探したが、占い師の姿は見つけられなかった。

通りを行く人に尋《たず》ねても、ずいぶん前に見かけた気がするとか、噂だけなら聞いたことがあるとか、おぼつかない答えばかりである。

そうこうしているうちに、陽はぐんぐん傾いて、とうとう青い闇が落ちてきた。

風が吹くと、柳の葉がそよそよと風に揺れる。

出てほしいものは見当たらず、出てほしくないものばかりが出てきそうである。

進むも戻るもならず、途方に暮れた時だ。

ぽっと、少し先の橋の上に、明かりが灯った。

人魂《ひとだま》でも出たのかと、小さく息を飲んだが、よく見ると、行燈《あんどん》のようだ。

こちらに背を向けて座る人影が見える。

俵兵衛はおそるおそる近づいた。

橋のたもとまでたどりつくと、破れ行燈に書かれた文字が『玉占〜たまうら』と読めた。

ようやく目当てのものを見つけた。

俵兵衛は、ほっと息をつき、橋の中ほどまで歩いていった。

白髪の老婆は、薄汚いござの上で背を丸め、小さな机を前にして、ちんまりと座っていた。

向かいには、客のためだろうか、座るのがためらわれるほど薄汚れた座布団が置かれている。

行燈に照らし出された顔が、芝居に出てくる幽霊のようにも見えてきて、俵兵衛はこわごわ声をかけた。

「ばばよ、ちと尋ねたいのだが……」

急いで懐からふくさを取り出して、老婆に手渡した。

老婆がふくさを開くと、中に包まれていた小判が、ぴかりと金色の光を放った。

道端の占い師には、滅多に拝めるはずもない大金だが、老婆はニコリともせず、ねめあげるように俵兵衛を見た。

「何を占ってほしいんだい」

「いや、わしが占ってほしいわけではないのだが……」

占い師の近くに丸まっていた白猫が、にゃあと鳴いた。

いや、これは猫か。たぬきではあるまいかと思うほど、まるまると太っている。

猫の後ろには、青い模様の描かれた大きな白い壺があった。

老婆は、猫のほうに顎をしゃくると、俵兵衛に言った。

「あんたにゃ占いが必要だって、大福が言ってるよ」

大福と呼んだのは、白猫の名であろうか。

なるほど、ふっくらと肥えた猫が、香箱座《こうばこずわ》りしているさまは、大福餅にそっくりだ。

思わず頬がゆるみそうになるのをこらえて、俵兵衛は、いかめしげに咳払《せきばら》いした。

「わしは、さるやんごとないお方の使いでまいった。わが殿は、さるものを手にしたいと強く願っておられる。それがかなうかどうか占ってもらいたい」

「そりゃ、かないそうにもないね」

即座に答えた老婆に、俵兵衛は、むっとした。

「バカを言うでない。占いもせずに何が分かる」

「占わなくたって分かるさ。あんたのお殿様がお望みの相手にゃ、許嫁《いいなずけ》がいるからね。金をちらつかせようが、権力で脅そうが、女心は、簡単になびくものじゃないよ」

俵兵衛は息を飲んだ。

この老婆は本物だ。

驚く俵兵衛を前に、老婆は涼しげな顔をしている。

ござに座った薄汚い老婆に向けて、俵兵衛は思わず頭を下げていた。

「ばばよ、頼む。どうかわが殿のために力を貸してもらえぬか」

老婆はぎろりと目を見開いて俵兵衛を睨んだ。

「あたしゃ、ただの占い師だよ。お殿様に力を貸すことなんてできるもんかね」

「いや、おばば殿は、運命を変える不思議な玉を持っているそうではないか。その玉のお陰で、好《す》いた女と結ばれることができた者もおると聞いたぞ」

「そりゃ、時と場合によるさ。女を盗《と》られたら、許嫁はどうなる。人様のものをかっさらっていくなんて、泥棒のすることだよ」

老婆にたしなめられて俵兵衛は口ごもったが、ここで引き下がるわけにはいかない。

このまま手ぶらで帰れば、若殿がどれほど怒り狂うことか。

若殿は、手に入れたいと思ったら、なんとしても手に入れずにはおられぬのだ。

きかん気の子供のようなものだが、子供と違ってあやすことも叱ることもできぬから、たちが悪い。

俵兵衛は、とうとうボロ座布団に膝をつき、這《は》いつくばって手をついた。

「人助けと思って、頼む、この通り」

額を橋板にすりつけんばかりにすると、さしもの老婆も、困惑したようであった。

「お侍が、こんなところで土下座するもんじゃないよ。顔をお上げ」

「では、力を貸してくれるのか」

俵兵衛は顔を上げて、老婆の顔をうかがった。

「やれやれ、そうまでされちゃしかたないね」

「恩に着る」

「その代わり、あんたも覚悟を決めなきゃならないよ」

「わしが、か」

「そうさ。あんた、殿様の願いをかなえるためなら、なんでもするつもりがあるのかい」

「それは……わしにできることならば、だが」

俵兵衛は、口ごもった。

「煮え切らないね。そんな風に這いつくばっておいて、今さら臆病風に吹かれたのかい」

「何をすればよいのだ」

老婆は、傍らに置かれていた壺を傾け、俵兵衛のほうへ壺の口をさしむけた。

「まずはここから玉をお引き」

壺の奥の暗闇から、冷たい風が吹きつけてきた気がして、俵兵衛は身をすくめた。

「何を怯えているんだい。壺が嚙みつくわけじゃあるまいし」

「お、おかしなことを言うな。わしは怯えてなぞおらん」

俵兵衛は、意を決して、手を壺に突っ込んだ。

壺の中は思いのほか深かった。

底に当たるかと思いきや、ずぶりと二の腕まで食い込んでしまって、ぎょっとする。

手首の辺りまで、ひんやりした玉の海に沈み込んでいる。

かき混ぜると、きんから、こんから、不思議な音が響いてくる。

しかし、どれほど手を動かしても、壺の内側には、いっこうに手がぶつからないのが不思議だ。

俵兵衛はとりあえず、手近な玉をえいやっとつかむと、老婆の前へ突き出した。

「これでよいのか」

「ふうん、なるほどねえ」

老婆は、俵兵衛の手から玉を取り上げて、行燈の灯にかざした。

青白い玉が、ぺかぺかと人魂のように輝いた。

「こりゃあ、あんたに、ぴったりの玉さね」

「なんと出た」

「こいつは、びびり玉って言うんだ」

俵兵衛もさすがにむっとして、老婆を睨みつけた。

老婆は悪びれる様子もなかった。

「まあまあ、そう険しい顔をするもんじゃないよ。今、あんたにいいものをやるからね。大福や、ちょいと一《ひと》働きしておくれ」

老婆が声をかけると、肥えた猫がのそりと起き上がった。

俵兵衛が先ほどまで腕を突っ込んでいた壺に前足をかけ、後ろ足で立ち上がる。

壺の口に鼻面を突っ込んだ猫は、みるみるうちに、頭も胸も、壺の中に飲み込まれていた。

俵兵衛は息を飲んだ。

まるで、猫が壺に食われてしまうように見えたのだ。

しかし、でっぷりした腹が壺の口にひっかかったのか、猫はそこで止まった。

壺の中から、きんからこんから、響き渡る不思議な音と、ふー、うーっと猫のうなる声が聞こえてきた。

腹の辺りまで壺に埋まって、じったんばったんもがいている猫を、俵兵衛はこわごわ見つめた。

と、猫が出し抜けに、ぽーんと勢いよく宙へ跳ね上がった。

猫はくるりと身体をひねり、俵兵衛の隣に着地を決めると、座布団にぽとりと玉を落とした。

「ほれ、そいつをあんたに貸してやるよ」

俵兵衛は玉を行燈にかざして見た。

俵兵衛の引いた、透き通った青白い玉とはあべこべに、光をまったく通さない、赤黒い色をした玉だった。

「これはなんだ」

「それはあんたに必要なもの、肝っ玉さ」

老婆の言いようは、あくまで人を食っている。

「なんとも無礼なばばよの。いつわしの玉が欲しいと言うた。わしは殿の願いをかなえにまいったと言っておろう」

「頼みに来たのは、殿様でなくて、あんただろう。なら、願いをかなえるもかなえないも、あんたの度胸ひとつさね」

「色恋沙汰など、度胸でどうにかなるものではなかろう」

「じゃああんた、その娘さんの親御さんに会いに行ったのかい。頭を下げて、くださいと頼み込んでみたのかい」

俵兵衛は、ぐっと言葉に詰まった。

そら見たことか、と、老婆が顎を上げるのが小憎らしい。

気のせいか、隣に座ったでぶ猫までもが、にんまりと笑ったように見える。

「それ、その玉を握ってごらん。力が湧いてくるだろう」

肝っ玉はつるりとして冷たく、固かった。

ぎゅっと握りしめてみると、不思議と、力強い何かが自分の中に流れ込んでくる気がした。

「一日八文で貸してやるよ」

「なんと、賃料を取るのか」

「あんたには、金ぴかの小判をもらったんだから、一、二年は貸してやれるよ」

俵兵衛は、ひとつ深呼吸して尋ねた。

「この玉を持って会いに行けば、頼みを聞いてもらえるのだな」

「さあ、そりゃあんたの覚悟によるがね」

いくらこちらが覚悟を決めたところで、相手のある話だ。断られたら打つ手がなくなる。

俵兵衛の不安が顔に出たのか、老婆が言った。

「手なんていくらでもある。正道でダメなら、邪道でも奥の手でも、知恵は貸してやるよ。またおいで」

老婆は、にぃっと不気味な笑みを浮かべた。

老婆に会ったと報告すると、若殿は手を打って喜んだ。

「でかしたぞ。して、なんと言っておった」

「は、それが……たやすくは、かなうまいとのことでしたが……」

俵兵衛が口ごもると、若殿はじれったそうな顔をした。

「たやすくなくとも、何かしら手段はあるのだろう。運命を変える玉とやらは、もらえたのか」

若殿の運命を変える玉ではなく、自分のための肝っ玉をもらったとは、口が裂けても言えそうにない。

俵兵衛は、別の答えを用意してあった。

「玉の代わりに、策を授けてもらいました」

「ほほう。どんな策だ」

若殿が身を乗り出す。

策などともったいぶってみせたが、要は娘の親に頼みに行くだけである。

老婆は邪道やら奥の手やら言っていたが、いったい何をさせる気なのやら、そら恐ろしく、俵兵衛としては関わりたくもない。

俵兵衛はしかつめらしく言ってみせた。

「それが、殿にお聞かせするわけにはいかぬのです。人に話せばうまくまいらぬと、老婆が申しまして」

若殿は不満げであったが、占い師に口止めされたとあっては、無理強いもできぬのだろう。

「本当に、その策とやらで、わが望みが成就するのであろうな」

少々不満げにつぶやいた。

俵兵衛も内心は不安であった。

不安が顔に出たものか、若殿は俵兵衛をじろりと睨んだ。

「まさか、嘘をついているのではあるまいな。策などと抜かすのは空言《そらごと》か」

縮み上がりかけた俵兵衛は、すばやく手で腰につけた肝っ玉を撫ぜた。

すると、前に触れた時と同じように、力が流れ込んできた気がして腹が据わった。

「とんでもございません。殿の望み、必ずや、かなえてご覧にいれましょう。万事、この俵兵衛にお任せくださいませ」

ふむ、と、若殿は満足したように言った。

「では、良きようにはからえ。朗報を期待して待っておるぞ」

しまった、言いすぎたか、と思ったが、遅かった。

俵兵衛は平伏し、若殿の前を辞した。

俵兵衛は、菓子包みを手に、旅籠屋《はたごや》の戸口に立った。

若殿の懸想《けそう》している女、おかつは、この旅籠屋、梅津屋《うめづや》の一人娘だと聞いている。

話を聞いてもらえるものか不安であったが、腰にくくりつけた肝っ玉に勇気を得て、俵兵衛はせいいっぱい虚勢を張って呼ばわった。

「ごめん」

侍がなにやら決死の形相《ぎょうそう》で乗り込んできたのに驚いて、番頭がすわ何事かと飛び出してきた。

「お侍様、どんなご用でございましょう」

「ここのあるじに話がある」

「申し訳ありません。手前どもに何か粗相《そそう》でもありましたでしょうか」

何を勘違いしたのか、番頭は平身低頭した。

「わしはあるじに話があると言っておるのだ。二人きりで話をさせい」

番頭は不安げな顔でいったん奥に引っ込んだが、じき戻ってきて、俵兵衛を座敷に案内した。

しばらくして梅津屋の主人が現れ、手をついた。

「お侍様、わたくしになんの御用でございましょうか」

番頭よりも落ち着いた様子なので、俵兵衛はほっとして話を切り出した。

「実は、さるやんごとない家のお方が、この旅籠屋の娘御、おかつ殿を見初《みそ》められてな……」

俵兵衛が懸命に話す間、主人は、うなずきながら聞いていたが、案の定、話が終わると渋い顔を見せた。

「なんとも勿体《もったい》ないお話ですが、あいにくと娘には、すでに許嫁がございまして。この件は、諦めてくださいませ」

「そこをなんとか……」

「もう、向こうの御両親とも話がついておりますので。ここはどうかお引き取りを」

もっともな話だが、そう簡単に引き下がるわけにはいかない。

俵兵衛は、腰に結んだ肝っ玉をひそかに握りしめた。

すると、不思議と勇気が湧いてきて、主人の丁寧だが取りつく島のない様子も、どうにかして、くつがえせるもののように思えてきた。

力を得た俵兵衛は、しつこく食い下がった。

主人の迷惑顔も顧みずに、半刻《はんとき》ばかりも粘って説得を続けたが、向こうも決して折れようとはしない。

「これほど頼んでもダメだと言うか」

「これぱっかりは、なんとおっしゃろうとも、お聞きするわけにはまいりません」

「しかし、聞いてもらわねば困るのだ」

「弱りましたな。どうしたら分かっていただけますか」

「タダでとは言うまい。何が望みだ。金でも武家奉公の口利きでも望みがあれば相談に乗ってやろう」

　そう言うと、主人はとうとう怒り出してしまった。

「黙って聞いてりゃ、えらく人をバカにした話じゃありませんか。娘を金に換えるほど、手前どもも落ちぶれちゃいません。とっとと帰っておくんなせえ」

　主人が手を打つと、旅籠屋の若者が飛んできた。

「お客様のお帰りだ。戸口まで見送ってさしあげなさい」

「いや、わしは……」

　俵兵衛はなおも抗《あらが》おうとしたが、若者は俵兵衛の腕に手をかけた。

「さあ、旦那、お立ちなすって」

「何をする、無礼であろう」

「こらぁ、おいら一人でお見送りするにゃ、手に余りそうだ。おぅい、みんな、手を貸してくれっ」

若者が叫ぶと、座敷の外で様子をうかがっていたものであろうか。手に手に棒を持った若い衆がわっと座敷になだれ込んできたから、たまらない。

俵兵衛はとうとう店から追い出されてしまった。

そう簡単に行くはずもないと思っていたが、これにはまいった。

次はもっと面倒なことになりそうだと、俵兵衛は、肝っ玉を撫ぜながらため息をついた。

その日の夕刻、俵兵衛はふたたび老婆の下を訪れた。

「ばばよ、そちのお陰で、ひどい目にあったぞ」

俵兵衛が文句を言うと、老婆はぎろりと俵兵衛を見返した。

「自分の落ち度をあたしのせいにするなんて、つくづく情けない男だね。あんたの覚悟が足りなかっただけだろう」

「覚悟を決めて乗り込んだが、逆効果であった」

俵兵衛は、肝っ玉を身に着けておかつの家に乗り込んだところ、主人をかえって怒らせてしまったことを話した。

「しまいに、店の者が大勢出てきて、わしを叩き出しおったのだ」

「ふん、やっぱり覚悟が足りないいんじゃないか。その腰に差しているのは飾りかね」

「何を言う。これはご先祖様が殿様より頂戴した家宝であるぞ」

俵兵衛は顔を赤くして言い返した。

「そんな立派なものを差していながら、町人に叩き出されたのかい。ご先祖様も嘆いているだろうて」

「旅籠屋で、町人相手に軽々しく振り回せるようなものではない」

無礼討ちという言葉があるにせよ、天下泰平のこの世の中、おいそれと刀は抜けない。

もめ事を起こせば厳しく詮議《せんぎ》され、若殿や御家《おいえ》にも迷惑がかかる。

しかし、老婆は馬鹿にしたように鼻を鳴らした。

「何も振り回さなくたっていいだろう。刀の柄《つか》に手をかけて、断られては帰れない、いっそここで腹をかっさばくと言ってやったらよかったんじゃないかね」

俵兵衛はぐむむと歯を食いしばった。

命を懸ける覚悟がなかったと言われれば、言い返せない。

「やれやれ、そんな気構えなら、諦めたほうがいいんじゃないかい」

「そうはいかぬ。前に知恵を貸すと言っておったろう。ほかに良い方法はないのかの」

「女の家に頼み込んでもダメなら、次にやることは決まってるじゃないか。許嫁の家に行くんだね」

「許嫁のほうに、女を諦めさせようと言うのか。そう簡単に諦めるとは思えんが」

「そりゃあ、あんたが知恵を振り絞るところさ。正道がダメなら邪道でいくしかない。悪い噂を聞かせてやるとか、別のいい女とひっつけるとか、やりようはいくらでもあるだろう」

なんと卑怯《ひきょう》な、と、さすがに俵兵衛も鼻白《はなじろ》んだが、老婆は涼しげな顔である。

「嫌ならやめたらいいさ。あんたが聞くから答えたまでだよ」

「いや、しかし」

「しかしもへちまもないよ。まったく、肝っ玉が小さい上に、礼儀も知らないのかねえ。人に物を尋ねておいて、礼のひとつも言えないなんて」

俵兵衛は腑に落ちなかったが、ここで老婆を怒らせてもまずい。口の中でもごもごと、礼を言った。

老婆はようやく満足したようにうなずいたが、まだ俵兵衛が不安そうなのを見て取ると、何やら薄気味の悪い笑みを浮かべた。

「窮すれば通ずと言うだろう。がんばってみれば思わぬ助けもあるかもしれないよ」

かくて、俵兵衛はおかつの許嫁の家へ足を向けることになった。

旅籠屋で失敗した俵兵衛は、今度はいきなり乗り込んだりはせず、しばらく周りで様子を探ってみることにした。

許嫁の若者は平造《へいぞう》といって、呉服問屋の次男坊であった。

兄のほうは放蕩《ほうとう》息子であったが、平造は行状もよく、得意先から好かれているようであった。奉公人たちの評判もいい。

地方から買い付けにきた商人たちは、旅籠屋に泊まり、江戸の品々を買っていく。

旅籠屋の周辺には小間物問屋、瀬戸物問屋、煙草《タバコ》問屋など、さまざまな問屋が軒をつらね、おりおり、宿泊客に品物を見せにやってくる。

この呉服問屋も、梅津屋に出入りしている、いわば商売仲間であった。

平造もおかつも、昨日今日に知り合った仲ではない。梅津屋でも平造の働きぶりを知っていて、婿には打ってつけと考えているらしかった。

仲を引き裂くのは、容易なことではなさそうだ。

頭を悩ませながら、そちこちで聞き込みをしているうちに、気づいたことがあった。

どうやら、自分のほかにも、呉服問屋の様子を探っている男がいるようなのである。懐手《ふところで》をして、頰に傷のある、いかにも一癖ありそうな男であった。向こうも俵兵衛に気づいたらしい、ある時、声をかけてきた。

「お侍の旦那、近ごろよく会いますなあ。そういや前に、梅津屋さんの辺りでも、お見かけしましたっけ。お互い縁がありそうですな」

さて何者かと俵兵衛は警戒したが、男は親しげににやりと笑みを浮かべてみせた。

「なに、怪しい者じゃありません。あっしは、梅津屋さんに世話になってましてね。旦那、どうやら何かお探しの様子で。ちょいとそこいらで、一杯いかがですか。お役に立てるかもしれませんぜ」

自ら怪しい者でないと言う者ほど、怪しいものはない。

しかし、藁にもすがりたい思いであった俵兵衛は、何か助けになることがあるやもしれぬと、話を聞いてみることにした。

男は俵兵衛を連れて路地裏にある小料理屋に入り、しばらく世間話などしていたが、じきに身を寄せてきて、ささやいた。

「時に旦那、目当てはおかつさんですかい」

俵兵衛は、ぎくりとして男を見返した。

「そんなに驚かねえでくだせえ。あっしは旦那がおかつさんの名前を口にするのを、幾度か耳にしたまでで」

「いや、待て。わしはただ……」

「あっしは旦那の味方ですぜ。いえね、実を言えば、あっしはおかつさんの許嫁の、平造って奴が大嫌《でえきれ》えで。おかつさんを旦那がもらってくれれば、ありがてえ話なんですがね」

「平造といさかいでもあったのか」

評判の良い平造のすねに傷でもあれば、二人の仲を裂くことができるかもしれない。

俵兵衛はそう期待したが、男はあいまいに言葉を濁した。

「へへ、ま、誰にでも虫の好かねえ奴ってのはいるもんです。それより、実のところどうなんです。旦那は、おかつさんのことをどう思ってるんですかい」

「いや、わしではないのだ。さるお方の使いで来たのだが」

若殿の名を漏らさぬよう、俵兵衛は用心しいしい、話をした。

誰とは明かさずとも、おかつを求めているのが、それなりの身分の者であることは話しぶりから知れる。

男はさも感心したように言った。

「さいですか。たいしたお方に見染められて、おかつさんにも、梅津屋さんにも名誉なこった」

「しかし、縁談を持ちかけても取りつく島もない様子であったぞ。決まった相手がおるからとの一点張りでな」

「梅津屋の旦那は、すっかり平造の奴に騙《だま》されてるんでさ。次男坊の平造が、羽振りのいい梅津屋さんの跡取りになれりゃ、そりゃあ万々歳でしょう。まったく、あいつさえなんとかできりゃなあ」

「して、そちは何者だ。梅津屋とどういう関係にあるのだ」

「あっしはしがない博奕《ばくち》打ちですがね。梅津屋の佐助《さすけ》さんとは、親しくさせていただいておりまして」

梅津屋には、おかつのほかに、佐助というせがれがいたらしい。

梅津屋では、姉のおかつに婿を取らせて跡を継がせるつもりらしいが、博奕打ちにはそれが不満らしかった。

「この辺りじゃ、婿養子を取って店を継がせることが多いそうですがね。あっしはやっぱり、あの平造って野郎より、佐助さんが跡を継ぐのが筋だと思うんでさ」

何のかのと言っているが、平造が憎いというより佐助に梅津屋を継がせたいのであろう。

博奕打ちとつるんでいるような遊び人の息子が店の跡取りになれば、この男もうまい汁が吸えるに違いない。

とすると、俵兵衛が梅津屋に縁談を持ち込んだこともとうに承知の上で、声をかけてきたのかもしれなかった。

「お侍さん、ここはひとつ、手を組みませんかい」

「なんだと」

「平造とおかつを呼び出して、別れさせてやりましょう」

「そう簡単に言うことを聞くまい」

「ただ呼び出すんじゃねえ。少し細工をしましてね……」

博奕打ちはいよいよ声を潜めて、周囲を気にしながら策を語り始めた。

その策とは、こんなものであった。

まず、おかつに文なり言伝なりで、平造が会いたがっているからと、人気《ひとけ》のない神社の境内に呼び出す。

平造のほうにも、こちらはおかつが会いたがっていると、神社の境内に呼び出してやる。

ただし、平造には少し遅い時刻を告げておく。

おかつは待ちぼうけを食わされて、苛立つだろう。

そこへ、柄の悪い男達が絡んでくる。むろん、男らは博奕打ちの仲間である。

絡まれているところへ、平造がやってくる。

おかつは助けを求めるだろうが、しょせん平造は喧嘩慣れしていない町人、男達に立ち向かうことなどできはしない。

遅れてやってきた上、泡を食って逃げ出すか、一発喰らってだらしなく目を回すかしている平造を見れば、おかつも愛想をつかすに違いない。

「頼みの綱の平造も頼りにならず、あわや危機一髪。そこへ、偶然お忍びでお参りにきたお殿様のご登場です。鮮やかな手さばきで悪者どもを追い払って、おかつさんを救い出す。どうです？　命の恩人に、嫁に欲しいと言われれば、おかつさんだって、梅津屋の連中だって、むげにはできねえでしょう」

俵兵衛は呆れてものも言えなかったが、博奕打ちは、したり顔である。

「平造なんぞに梅津屋を乗っ取られちゃ、たまりませんや。善人ぶってるあいつにも、そろそろボロを出してもらわにゃ」

なぞと独りごちているところを見ると、どうやら真面目で馬の合わない平造を、本当に嫌っているのかもしれなかった。

俵兵衛は否とも応とも言えず、渋っていたが、博奕打ちはすっかり、俵兵衛が話に乗るものと決めてかかっているようだった。

小料理屋を出ると、博奕打ちは、

「お殿様によろしくお伝えくだせえ」

そう言って腰を低くし、いずこともなく消え去った。


俵兵衛は困り果てていた。

老婆は、正道がダメならば邪道しかないと言っていたが、これまた邪道も邪道、ひどい邪道である。

他《た》の策を練ったほうがいいのでは、と考えたが、妙案も浮かばない。

いや、人殺しをするわけでもなし、ここはひとつ乗ってみてはどうか。いやいや、このような荒事《あらごと》に若殿を巻き込むわけにはいかぬ……どうしたものか。

もんもんと悩んでいると、その晩、若殿に呼び出された。

策があると言ったきり、なしのつぶてで、業を煮やしていたらしい。

「俵兵衛よ、例の策とやらは、どうなっておるのだ」

「それが、思いのほか仕込みに時間がかかっておりまして」

苦し紛れにそう言うと、若殿は眼を光らせた。

「そちが今日会っておった博奕打ちも、その仕込みと関係があるのかの」

俵兵衛は驚いて若殿を見返した。

若殿は得意げに俵兵衛を見下ろしている。

「ほほ、余を舐《な》めてはいかんぞ。そちが怠《なま》けていないか確かめるため、見張らせておったのだ。で、あの男を使ってどうするつもりなのだ」

「いや、それが……」

俵兵衛は冷や汗を拭った。

「あの男、お殿様によろしく伝えてほしいと言っておったそうではないか。余に何か伝えることがあるのかのう」

まずいところを聞かれた。

「どうした俵兵衛。何を隠しておる」

若殿に責め立てられて、俵兵衛はやむなく、博奕打ちの策を打ち明けた。

「このような話、うまくいくとも思えませせぬが……」

最後にそうつけ加えたが、

「何を言う。占い師に授けてもらった策ならば、きっとうまくいくに相違ない」

なんと、若殿は、思いのほか乗り気である。

「で、では、お忍びで神社にお出向きになると？」

「むろんじゃ。余がおかつを助け出すとは、なかなか面白い筋書きではないか」

どうも大変なことになってきた。

俵兵衛は、その晩、一睡もできずにうんうん唸《うな》りながら寝返りを打っていたが、翌日、占い師を訪ねることにした。


「ばばよ、困ったことになった」

そう言うと、老婆は不機嫌そうに言い返した。

「そうだろうね、あんたらはみな、困った時しか、あたしを訪ねてこないんだ」

返す言葉に困っていると、老婆は重ねて言った。

「あんたも煮え切らないねえ。また臆病風に吹かれたのかい？」

「いや、臆病のなんのという話ではない。進むか戻るか迷っているうちに、どうやら引き返せないところまで来てしまったようなのだ」

「人生ってのは、後戻りはできないんだよ。前に進むか、右に曲がるか、左に曲がるか、それだけさ」

「後戻りできぬと言うが、このまま進んで、うまくいくのか」

「さて、うまくいくとはどういう意味かね？」

老婆は首を傾《かし》げた。

「あんたはそのために、何を懸けるつもりなんだい」

俵兵衛は、唾を飲み込んだ。

まさか命を懸けよということか。

切腹のくだりを思い出して、思わず腹を押さえると、老婆は、ふぅ、とため息をひとつついた。

「あんたはあたしが見た中でも、飛びっきりの腰抜けだよ」

「し、しかし……」

御家の一大事ならともかく、所詮《しょせん》、若殿が一方的に懸想《けそう》している女のことなのだ。命を懸ける覚悟なぞ、生まれようはずもない。

「しょうがないね。ひとついいことを教えてやろう。ここ一番って時には、肝っ玉を飲み込んでおしまい」

「この玉を飲み込むのか」

俵兵衛は、腰につけていた玉に触れた。

血を含んだような赤黒い玉が、何やら恐ろしいものに見えてきた。

「そうともさ。肝っ玉を飲み込めば、怖い物なんて消えちまう。勇気百倍、亡霊が出ようが、鬼が来ようが、笑っていられるよ」

老婆のかたわらの白猫が、何か言いたげに顔を上げてにゃあと鳴いたが、老婆はしっと言って、猫の頭をはたいた。

「ま、使い時や使い方はよく考えるがいいさ。肝っ玉があるのも、いいことばかりじゃないからね」

老婆の言い様は、俵兵衛を不安にさせた。いったいどんな悪いことが起きるのだろう。

「ここぞという時に飲むんだよ」

俵兵衛は礼を言って、その場を後にした。

青白い顔をした俵兵衛の姿が見えなくなると、橋にはすっかり人気《ひとけ》がなくなった。

風が吹いてきて、ちんまりと座っていた老婆の脇で、行燈の灯がちろちろ揺れた。

それと共に、老婆の足元に座っていた白猫の目が、ぴかぴかっと金色に光ったように見えた。

「やれやれ、つくづく因果な婆さんだ」

白猫の喉から、ごろごろと低い声が漏れた。

老婆は白猫を睨みつけた。

「あたしが何をしたって言うんだい」

「覚えてないとは言わせねえ。あの玉を飲んで、道を踏み外した奴が大勢いたじゃねえか。怖さをすっかり忘れちまって、坊主を焼き討ちにした奴もいたっけな」

「あの坊やは、肝っ玉のお陰で天下が取れたんだよ」

「その代わり、家臣にまで恨みを買って、しまいにゃ炎の中で自害する羽目になった。人間五十年、と詠《うた》っていたとはいえ、いい死に方とは言えないぜ」

「そのお陰で今の泰平な世の中がある。禍福は糾《あざな》える縄のごとしってのは、こういうことだね」

「口の減らねえ婆さんだ。そんなだから、地獄からも極楽からも追い出されちまって、行き場がなくなるんだよ」

白猫の悪態に、老婆は珍しく言い返さなかった。

ふぅ、と、息をつくと、背を丸めた老婆の身体が、いつもより一回り縮んだように見えた。

「大福や、あたしゃ疲れたよ。鬼っ娘《こ》だと罵られたり、神女《しんにょ》だと崇め奉《あがたてまつ》られたり。見たまま言ってやってるだけなのに」

「なら、とっとと徳を積んで極楽へ行くか、悪行を重ねて地獄に落ちな」

「どっちがてっとり早いかね」

「さあねえ。百八人、人を救うか、百八人、地獄に落とすか、どっちが早いかってだけのことさ」

「どれだけかかるのか、見当もつかないよ」

「せいぜいがんばりな。極楽へ行くか、地獄へ行くか、この俺が、とくと見届けてやるからよ」

猫は大きく伸びをすると、老婆の足元にくるりと丸まった。


それから数日後のこと、俵兵衛は若殿と共に、神社の境内に身を潜めていた。

昼下がり、二人のいる木陰にはぶんぶん蚊が飛び回っている。

「やれ、うるさいのう」

若殿はやぶ蚊を叩きつぶしながらぼやいているが、俵兵衛はどうなることかと、生きた心地もしない。

そうこうするうち、

「おお、来たぞ」

若殿が、興奮した声でささやいた。

若殿の視線の先に、おかつの姿があった。

近ごろ流行《はや》りの梅ねずの着物に、麻の葉模様の帯を締めている。

落ち着かなげに辺りを見回すさまは、いかにも恋する女らしく、どこかいじらしかった。

平造がいないのを見てとると、おかつは、何気なく休んでいる風を装い、社殿の近くに立ってぼんやりと遠くへ視線を投げかけた。

「いや、こうして見ていても、実にいい女じゃのう」

若殿は隣で鼻の下を伸ばしている。

すっと背筋を伸ばして立つおかつの姿は、天に向かって伸びたあやめに似て、俵兵衛の目にも美しく見えた。

あのように美しく見えるのは、許嫁を待っているからだ。おかつは、やはり平造を好いているのだろう。

あの女がごろつき共にいたぶられるところを見るのは気の毒だ、と、俵兵衛は思った。

いや、いたぶられはしない。その前に若殿と一緒に飛び出して、悪党どもを叩きのめすのだから。

しかし、平造はひどい目にあうだろう。許嫁の前でこっぴどくぶちのめされ、女も名誉もなくしてしまうのだ。

おかつの許嫁だというだけで、なんの罪もないものを……

「どうした俵兵衛、怖いのか」

若殿がからかうように声をかけた。

「今さら後戻りはできんぞ」

人生ってのは、後戻りはできないんだよ。老婆の言っていた言葉を、俵兵衛は、腹の中で繰り返した。

だが、そうする間にも手には汗がにじみ、足が震えてくる。

俵兵衛は肝っ玉を握りしめた。

わずかに気が楽になったのも、つかの間のことだった。

次から次に、嫌な考えが頭に浮かんだ。

気の毒なのは平造ばかりではない。もしこんな悪巧みが露見したら、自分も若殿も無事ではいられまい。

たとえ無事だとしても、卑怯な真似《まね》をして、真面目な若者を傷つけたことは、生涯、忘れられぬだろう。

そもそも、こんなことを差配した自分には、天罰が当たるのではないか……

俵兵衛は身震いした。

とても平造がやってくるまで持ちそうにない。

とうとう俵兵衛は、若殿から顔をそむけ、すばやく肝っ玉を紐から外して、口の中に放り込んだ。

思ったより大きな玉を、どうにか飲み込んでしまうと、熱い鉄の塊を飲んだように、胃の腑《ふ》がかっと燃え上がった。

腹の中が熱くなるにつれ、汗をかいていた手も、ぼうっとしていた頭も、逆にすっきりと冷えてくる。

おや、と、俵兵衛は不思議に思った。

今まで何を怖がっていたのか、自分にも分からなくなっていた。

なるほど、肝っ玉がないと老婆に侮られたのはこういうわけか。

ありもしないことをあれやこれやと想像し、一人で勝手に怯えていた。

今ではたとえ、亡霊が現れようとも、鬼神に行く手を塞がれようとも、恐ろしいとは思えない。

「遅いのう」

若殿が焦《じ》れたように言うのを、俵兵衛は小声でたしなめた。

「お静かに。聞かれたら、すべて水の泡ですぞ」

若殿は驚いたように俵兵衛を見返したが、言われたとおり口をつぐんだ。


それからしばらく時が過ぎた。

おかつは、境内に下りてくる雀《すずめ》に目をくれたり、空を流れる雲を見上げたりしていたが、次第に焦れてきたようだった。

しきりと目を泳がせ、しまいには、鳥居のほうへ歩いていって、石段の下を覗き込んだ。

平造が来られなくなったのか、あるいは待ち合わせ場所を間違えたかと、気を揉んでいるに違いない。

その時だ。

神社の裏手から、男が三人現れた。

入れ墨の入った二の腕を剝き出した筋骨隆々とした男と、脇差《わきざし》を差した浪人風の男、それに相撲取りのように太った男である。

気配に気づいたおかつが振り返り、はっと身をすくめた。

見るからに柄の悪そうな男らは、おかつを囲むように立ちはだかり、声をかけた。

「ちょいと道を尋ねたいんだがね」

入れ墨男が言った。

「この辺にいい茶屋はないかい」

「お茶屋さんですか。鳥居の下の階段を下りて、右手の坂を上がったところに何軒かありますが……」

「この辺にゃ不案内なんだ。案内しちゃくれねぇか」

「すみませんが、私はここを動けません」

「冷てえなあ。ちょっとぐらい、いいだろう」

入れ墨男は、おかつの袖に触れ、顔を近づけた。

おかつは眉をひそめ、一歩身を引いて顔をそむけた。

「ご自分で探してください」

「おい、その態度はねえだろう」

入れ墨男は急に怒鳴ると、乱暴におかつの腕をつかんだ。

「いや、放してください！」

おかつはとっさに振り払い、身をひるがえして逃げようとしたが、太った男がすばやく回り込んで通せん坊した。

必死で逃げ道を探したが、何しろ三対一だ。

右へ行こうとすれば右へ回り、左へ行こうとすれば左を塞がれる。

おかつはまるで、猟師に追い込まれた獣のようであった。

その時だ。

階段の下から、平造の頭が現れた。

平造は、おかつが柄の悪い男達に絡まれているのを見てとり、ぎょっとした顔になって石段の途中で立ち止まった。

「平造さん……！」

おかつが呼びかけたが、平造はその場に立ちすくんだままだ。

入れ墨男が、ずいと前に出て尋ねた。

「あんた、この女の身内か何かかい」

博奕打ちの狙いどおり、平造は柄の悪い連中を前に、すっかり血の気を失ったようだった。

しかし、許嫁を前にして、さすがに逃げ出したりはせず、そろそろと階段を上ってきて、震える声で聞き返した。

「あ、あんたら、こんなところで何をしてるんだ」

「なに、この女にちょいと道を尋ねたところ、どうにも生意気でなあ。口の利き方を教えてやろうと思ってな」

「その人が何をしたって言うんだ」

「俺達のような薄汚い連中に、道案内はできねえとさ。なぁ？」

入れ墨男が、おかつの顔を覗き込んだ。

「何を言うの。私は……きゃあ！」

おかつが言い返す間もなく、後ろの太った男が、おかつをどついた。

おかつの悲鳴を聞いて、平造は慌てて叫んだ。

「ま、待て、やめろ！」

入れ墨男が、ぺっと唾を吐いた。

「てめえも口の利き方を知らねえようだな」

凄《すご》みのある目で、ぎろりと平造を睨む。

「この女の知り合いなら、てめえが代わりに詫びを入れてもいいんだぜ。それともなんだ、文句があるなら、相手になってやろうか」

平造は口をぱくぱくさせていたが、男がずいと前に足を踏み出すと、あわてたように腰を折った。

「すいません。何があったか存じませんが、堪忍《かんにん》してください。謝りますから、どうかその人を放してやってください」

許嫁の前で見栄を張りたくても、喧嘩慣れしていない平造に荒くれ者三人の相手が務まるはずもない。

いわれもなくぺこぺこするのは、さぞ悔しかったろうが、博奕打ちに雇われた男達が、はいそうですかと引き下がるはずもなかった。

「そんな謝り方じゃあ、堪忍ならねえな。誠意は形にしてもらわにゃなぁ」

平造は顔を真っ赤にしていたが、やにわに地べたに這いつくばった。

「こ、このとおりです。ご勘弁を」

「ほう。それほどすまないと思っているなら、茶代ぐらい持ってくれるんだろうな」

おかつが、平造に向けて、言うことを聞くなという風に首を横に振ったが、平造はぺこぺこと頭を下げた。

「わ、分かりました。その人を放していただければ、金は持ってまいります。いかほどご入り用ですか」

さすがにこれには、男達も毒気を抜かれたようだった。

並みの悪党ならこれで引き下がるのだろうが、男達の目的は金ではない。平造の顔を立ててしまっては始まらない。

入れ墨男は後の二人に向けて顎をしゃくった。

「けっ、バカバカしい。そんな言葉が信じられるか。おい、女を向こうに連れてけ」

浪人風と相撲取りが、おかつの腕を引っつかみ、なかば引きずるようにして、神社の裏へ連れていこうとする。

「あっ、待って、待ってください！」

平造は慌てて立ち上がり、追いすがろうとした。

入れ墨男が立ちふさがり、平造の胸を突いた。

平造は他愛なく、地面にすっ転がった。

「平造さん！」

悲鳴を上げたおかつは、男二人に腕を取られて神社の裏に姿を消した。

平造は泥まみれのまま、残った入れ墨男の足にすがりついた。

「待ってください、お願いです。おかつさんを返してください」

「こら、何する、放しやがれ」

入れ墨男は、平造を蹴とばし、引きはがそうとしたが、すっぽんのように食いついて離れない。

蹴られても殴られても足にしがみついている。

「くそ、しつこい野郎だぜ」

入れ墨男は業を煮やして、いよいよ強く蹴りつける。

いくらしぶとくても、喧嘩慣れしていない若者が、そういつまでも耐えられるはずもない。

とうとう平造は気を失い、地べたに伸びて、動かなくなってしまった。

入れ墨男は、平造が動かなくなったのを見てとると、着物を剝ぎとり、ふんどし一《いっ》丁《ちょう》にしてしまった。

帯で鳥居にくくりつけ、おかつ達の後を追う。

見るも哀れな姿を見て、俵兵衛は気の毒に思った。好いた女の前で、あんな姿をさらしたい男などおらぬだろう。

しかし、肝っ玉のせいか、不安になることも、身体が震えることもなかった。

まもなく、神社の裏側から、ごほんごほんと大きな咳が聞こえてきた。

そろそろ出てこいとの合図だ。

続いておかつの悲鳴が響き渡った。

出番を待ちわびていた若殿は、得たりとばかり木陰から飛び出して、神社の裏手にかけつけた。

俵兵衛も、素早く後を追った。

神社の裏手では、男三人に取り囲まれて、入れ墨男に帯の端をつかまれたおかつが、なんとか逃げ出そうともがいている。

若殿は足を踏ん張り、大きく声を張り上げた。

「そこの者ども、待て待てぃ。かよわき女人《にょにん》を、寄ってたかっていたぶるとは何事じゃ」

男達が、さも驚いたように顔を上げた。

「何者だ」

「貴様らに名乗る名などない。悪党どもめ、女を放して立ち去れぃ」

若殿が役者のごとく見得を切ると、入れ墨男はおかつを相撲取りの方へ突き飛ばし、若殿を指差して叫んだ。

「ええい、面倒だ。たたんじまえ」

浪人風がすらりと刀を抜いた。相撲取りも、女を放して身構えた。

若殿は鞘《さや》ごと脇差を引き抜いて正眼《せいがん》に構えた。へたに抜き身を振り回して、怪我《けが》させないようにとの配慮である。

浪人風は抜き身なのだが、あらかじめ打ち合わせしてあるから、向こうも本気で斬りつけてはこない。

俵兵衛も鞘ごと刀を構えて、形ばかり手助けしたが、ほとんど必要ないほどであった。

若殿が脇差を振り回すと、相手は気持ちのいいほどにばったばったとやられていく。しまいに男達が、ほうほうの体《てい》といった様子で逃げていくと、若殿は辺りを見回した。

「やや、おかつはどこじゃ」

見れば、おかつの姿が見当たらない。

「しまった、怖がって逃げてしまったのか。こら、俵兵衛、おかつを探せ」

若殿は、地団駄踏まんばかりに悔しがっている。

思わず笑いが込み上げてきた俵兵衛を、若殿が恐い顔で睨んだ。

「おい、何がおかしい。早くおかつを連れてまいれ」

俵兵衛は動じなかった。

「おかつなら、まだ近くにおるはずです」

そう言って、すたすたと歩き、神社の表を覗いてみた。

はたして、おかつはそこにいた。

おかつは、鳥居にくくりつけられた平造のそばに膝をついて、必死で帯の結び目を解こうとしていた。

自分の着物がほどけかかっているのも構わず、ふんどしひとつで柱に縛りつけられた許嫁を助けるために奮闘している。

俵兵衛は、思わず目を細めて二人を見つめた。

後をついてきた若殿は、鼻息も荒く、二人の前に出ていこうとしている。

俵兵衛が、ぐいと袖をつかんで引き留めると、若殿は目を剝いた。

「これ、何をする」

「若殿、もう帰りましょう」

「何を言う。恩を売れるのは今しかなかろう」

「見苦しい真似はおよしなさいませ」

俵兵衛はぴしゃりと言った。

若殿は驚いて目を見開き、俵兵衛を見返した。

「あの二人をごらんなさい。私たちに気づく様子もありません」

俵兵衛は若殿に、二人の様子を覗かせた。

おかつはようやく結び目を解いて、かいがいしく平造を助け起こそうとしていると
ころだった。

「実に似合いの二人ではありませんか。横から割って入ることなど、はじめから無理
な話であったのです」

「無理だと。占い師に策を授けてもらったのであろう」

「はい。しかし、占い師は、こうも申しておりました。そもそも、人の物を盗ること
は泥棒のすることだと」

「む、む、おのれ……」

若殿の顔が、熟した柿のように真っ赤に膨れ上がった。

「殿にも、もうお分かりでしょう。恩を着せてつきまとえば、かえって恨まれるばか

りですぞ」

「俵兵衛め、余を愚弄する気であったのか！」

若殿は、鬼のような形相で俵兵衛を睨みつけたが、腹の中に肝っ玉があるためか、俵兵衛は少しも怖いとは思わなかった。

「この世には通すべき筋と、通してはならぬ筋があるのです。御家を守る立場ならば、殿もその儀《ぎ》をわきまえねばなりません」

「許さん。許さんぞ！」

頭から湯気を出すほど怒りながらも、ひとまず引き下がったのは、若殿も、俵兵衛の言うことに理があることを悟っていたのだろう。

しかし、そのまま若殿の怒りが収まるはずもなかった。

俵兵衛はほどなく、屋敷を出るよう言い渡された。

主命に背いた以上、仕方がない。

俵兵衛にも、覚悟はできていた。

謹《つつし》んで、その意を受け入れ、住み慣れた屋敷を後にした。

それからひと月ほどが過ぎた夕暮れ時、俵兵衛は、橋のたもとを訪れた。

腰の刀はなく、頬かむりもなしだ。

老婆が、白猫と一緒に座っているのを見つけると、俵兵衛は近寄って声をかけた。

「ばばよ、ひさかたぶりであるの。どこへ行っておったのだ」

これまでにも何度か橋を訪れたのだが、老婆の姿は見当たらなかった。

「こう見えてもあたしも忙しくてね。ほうぼうから引っ張りだこで、ひとところにずっといるってわけにはいかないんだよ」

老婆は、目を細めて、何か見定めるように俵兵衛を見つめた。

「ふうん、あんた、あの玉を飲んだんだね」

「飲んだとも。お陰で大変な目に遭《お》うたぞ。腹は痛むわ、尻は痛むわ……」

俵兵衛が袂から取り出した玉に、老婆がしかめっ面をしてのけぞった。

俵兵衛は慌てたように言った。

「い、いや、きちんと井戸の水で、何べんも洗《あろ》うてきたぞ」

「ふん。ま、いいけどね。これはあんたには、もう必要ないんだね？」

「もういらん。それよりも、できればその、少し金が入り用なのだが」

老婆は肝っ玉を取り上げ、頭を振った。

「お殿様のお怒りを買って、御役御免になったんだろ。しょうがない、二百四十文置いていきな、小判は返してやるから」

「ありがたい」

老婆は懐から小判を取り出し、俵兵衛に渡しながらぶつぶつとつぶやいた。

「言っとくけど、あたしに怒るのは、お門違いだよ。あんたの選んだ道なんだからね」

「その通りだ。いや、文句を言いに来たのではない。むしろ礼を言いたいと思っておったのだ」

俵兵衛は、深呼吸ひとつして言った。

「これほどすがすがしい気持ちになったのは、ひさかたぶりのことだ」

今まで、獣に追われる兎《うさぎ》のように、いつもびくびくして逃げ道ばかり探していた。しかし、道はいくらもあったのだ。大道、小道。横道、脇道。正道、邪道。深い藪《やぶ》を切り開き、自ら踏み固める道もあろう。

「その玉は、わしの目の前を覆っていた霧を晴らしてくれたようなのだ。今まで見えていなかった地平が、はるか向こうまで広く遠く続いているのが、ようやっと見えてきた」

老婆は、頬を歪めて笑った。

「あたしもこの仕事をして長いけどね。浪人になって、わざわざ礼を言いに来たのは、あんたが初めてだよ」

「わしは愚か者であろうか」

「いや、思ったよりは見所があるよ。ま、せいぜいがんばりな」

「ばばも末長く達者でな」

俵兵衛の姿が見えなくなると、老婆の隣の白猫が身体をぶるぶると震わせた。

ちりりん、と、喉元につけた鈴が、軽やかな音をかなでた。

「いい音色だ。どうやら功徳をひとつ積んだらしいな」

猫が、ごろごろと喉を鳴らすような声で言った。

「ふん、これが功徳かね。あの子もきっと、苦労するよ」

「素直じゃねえな」

「道ってのは、あっちやこっちに曲がりくねってる。あたしにだってすっかり見通しが利くってわけじゃないのさ」

老婆は仏頂面で言い返した。

「けど、どうあってもね、自分でこれと決めた道なら、後悔なんてしないはずさ」

しかめた眉の下の瞳は、しかし思いのほか優しい光を帯びていた。

「なるほどな。で、婆さん。あんたが進む道は決めたのかい」

「うるさいねえ。それが一番、難儀なんだよ」

老婆はしわだらけの顔を一層しかめて、ふかぶかとため息をついた。

第四話　忘れ玉

吹きつけてきた北風に、正太《しょうた》は思わず身をすくませた。
陽の傾きかけた町で、黒々とした家々は、どれもまるで見分けがつかない。
長く伸びた自分の影法師も、途方に暮れているようだ。
「どうしよう……またおとっつぁんに叱られてしまうよ」
正太は、小間物を扱っているひょうたん屋の一人息子だった。
お得意さんへの届け物を言いつけられたのが、すっかり迷子になってしまった。
これでは品物を届けるどころか、陽の落ちる前に、家に帰れるかどうかさえ怪しい。
まずは道の分かるところまで戻ろうと、どうにか堀端まで引き返してきた時だ。
見たこともない朱塗りの太鼓橋に、正太の目は吸い寄せられた。

はて、ここはどこだろう。どうしてこんなところへ出てしまったのか。ひょっとして、あやかしのしわざだろうか。

呆然《ぼうぜん》として立ちすくんでいると、橋の中ほどに、だいだい色の明かりがぽっと灯った。

破れた行燈《あんどん》には、『玉占〜たまうら』と黒々した字で墨書《ぼくしょ》されている。

行燈の向こう側に、真っ白な髪の老婆が座っているのがちらりと見えた。

暖かげな光に、正太は救われた思いになり、占い師の老婆の下へ足早に近づいた。

老婆は小さな机の向こうに、半纏《はんてん》を着てちんまりと座っていた。

机の上には筮竹《ぜいちく》もなく、玉占いの玉とやらも見当たらない。

机の手前に、おんぼろの座布団。

傍らには青い模様の描かれた大きな白い壺が置かれ、丸々と太った白猫がその前に丸まっている。

「もし、おばあさん」

正太が声をかけると、老婆は不機嫌そうにぎろりと正太をねめあげた。

正太はぎくりとしたが、ていねいに腰をかがめて尋《たず》ねた。

「すみません、この橋はなんというのでしょう」

「橋の名なんざ知らないよ」

老婆は不愛想に答え、薄汚い座布団を指さした。

「それよりあんた、そこに座りな。ちょいと観てやるから」

「ええと、占いどころじゃないんです。実は道が分からなくなってしまって……」

「あたしの前に現れるのは、たいてい道に迷った手合いだよ。ねえ、大福や」

老婆は、傍らに丸まっている白猫に話しかけた。

ふくふくと太った猫は、たしかに大福餅にそっくりだ。

金色に輝く眼で、値踏みするように正太を見上げている。

「違うんです。道と言っても、知りたいのは、人生の道じゃなく、お得意先への道でして」

「へえ、どこへ行きたいんだい」

「四丁目、いや、三丁目の総菜屋のおかみさんで、名をたしか、おたきさん……いやいや、おきたさんだったかな……」

正太は弱って頭を叩いた。

店を出る前に何べんも確かめたはずなのに、と、本当に情けなくなってきた。

「あんた、自分の店のお得意先の名前さえ覚えてないのかい」

呆れ顔の老婆に、返す言葉もない。

「それでよく、商売が務まるもんだねえ」

「がんばって覚えようとしているんです、と、父の与兵衛《よへえ》によく言われる。

お前はバカじゃなかろう、気もそぞろだからじゃないのかい？

なんでも忘れるのは、気もそぞろだからじゃないのかい？

しかし、どんなに懸命に覚えたつもりでも、正太の記憶は、一日とたたずあやふやになってしまうのだ。

八つのころから寺子屋に通い、読み書き、算盤《そろばん》も、どうにか人並みにできるようになってきた。

だが、お客の名前や道順や、売り買いの値段など、商売人にとって欠かせないことが、どうやっても覚えられない。

「ま、二丁目のおたけさんが困ろうと、ひょうたん屋の身代《しんだい》がどうなろうと、あたしの知ったこっちゃないけどね」

老婆の言葉に、正太はぎょっとした。

客の名も、店の名さえも言い当てた老婆は、すまし顔だ。

貧相な身なりの、この老婆、もしかすると、実はたいした占い師なのではないか。

正太はそう思い、おそるおそる尋ねてみた。

「私は商売人に向いてないんでしょうか？」

老婆はにやりと歯を見せた。

「やっと観てもらおうという気になったかい」

脇に置いてあった壺に手をかけて、正太のほうへ傾ける。

「ここから玉を引いてごらん。引くだけならお代はいらないよ」

どうやら、壺から引いた玉で占いをするらしい。

正太は左の手で袂《たもと》を押さえて、おそるおそる右手を差し入れた。

壺の中は、ひんやりしていて、思いのほか広かった。

手をそろそろと進めると、冷たい玉が指に触れた。

きん、かん、ころん、と、不思議な音が鳴り響く。

正太は指先に触れた玉をそっとつまんで、老婆の前に差し出した。

「これでいいですか」

正太の細い指先がつまんでいたのは、半透明のガラス玉だった。

霧でもかかったかのように白く濁ったガラス玉を、老婆は正太の手から取り上げると、小馬鹿にしたように鼻を鳴らした。

「忘れ玉さね。こいつは、なんでもすぐ忘れちまう人に引き寄せられる玉だ。こんな玉に好かれるようじゃ、たしかに、商売にゃ向いちゃいないね」

ずばりと言われて、正太は肩を落とした。

「どうしたらいいんでしょう。私は小間物屋の一人息子なんです。商売を手伝わないわけには……」

「大福や」

老婆は、知らん顔して丸まっていたでぶ猫を振り返った。

「ちょいと一《ひと》働きしておくれ」

でぶ猫は大儀そうに、太った身体をゆすって起き上がった。

壺のへりに前足をかけ、大きく伸び上がったかと思うと、鼻面を壺の中へ突っ込む。と見るうちに、鼻が、頭が、胸が吸い込まれ、とうとうでっぷりした腹の中ほどまで、壺の中に埋まってしまった。

きんからこんから、壺の中からやかましい音が響いてきた。じたばたと空《くう》をかいている後ろ足と、ぱたぱた動き回るしっぽだけが、壺からさかしまに生えている。

あっけにとられて見ていると、猫がすぽーんと飛び出した。

空中で器用に宙返りして、正太の前に降り立つと、くわえた玉を座布団の上にぽとりと落とす。

正太は玉を取り上げてみた。

忘れ玉に似ていたが、こちらのガラス玉は、一点の濁りもなく、透き通っていた。

老婆がにやりと笑ってみせた。

「そいつは覚え玉というんだ。あんたにゃぴったりの玉だよ。それを身に着けていれば、あんたが見たもの、聞いたもの、みぃんな、あんたの代わりに覚えていてくれる」

「まさか」

「本当さ。般若心経《はんにゃしんぎょう》だって、四書五経《ししょごきょう》だって、頭っからお尻まで、いっぺん聞いたきりで覚えちまう」

老婆の言葉に半信半疑だった正太は、

「そいつを日に八文で貸してやるけど、どうだい？」

そう尋ねられて、ははぁと合点がいった。

老婆は玉を売りつける気だったのか。

「いくら物忘れがひどいといっても、そんな簡単に騙されるほど私もバカじゃありませんよ」

「おや、信じないのかい。それならしばらく持っていてごらん。効果はてきめんだから」

正太が返そうとした玉を、老婆は強引に押し戻した。

「大丈夫、効き目がなけりゃ、お代はいただかないよ。たしかに効き目があると思ったら、またおいで」

そう言うと、正太のやってきたほうを指さした。

「二丁目のおたけさんの家は、橋を渡って二つ目の角を右、その先の横丁を入って手前から四軒目だ。もう覚えたね？　それから、あんたの帰り道ならあっちだよ」

狐《きつね》につままれたような心持ちだったが、正太は礼を言って橋を下りた。

不思議な占い師のおかげで、無事、おたけの下へ品物を届けた正太は、翌朝、寺子屋へ出かけた。

正太の通う寺子屋は、寺の境内にあった。

通ってくるのは、辺りの商家の子が多かったが、貧乏長屋の子も来れば、侍の子だってやってきた。

裕福な家の子は、綺麗な着物を着て、高価な硯《すずり》と筆を携えてやってくる。先生には、親がたんまり謝礼を払う。

金のない子は、ボロを着て、反故紙《ほごがみ》に何度も墨を塗りたくる。先生への謝礼は売り物の余りだ。

しかし、どんな子でも、先生は分け隔てなく教えてくれた。

正太が寺の門をくぐると、後ろから朗らかな声が響いた。

「正太さん、おはよう」

正太と同い年の反物屋《たんものや》の娘、おりんだった。

「ああ、おはよう、おりんちゃん」

胸をときめかせて振り返った正太は、おりんの隣に、おりんの兄の常治《つねじ》がつきそっているのに気づき、少々がっかりした。

学者を目指しているという常治は、自慢の妹が正太のようなできの悪い子と仲がよいのが面白くないようで、いつも正太に冷たく当たる。

おりんはくりくりした黒く輝く瞳で正太を覗き込んだ。

「正太さん、どこまでできた?」

「え、何が?」

正太はどきんとしておりんを見返した。

「ほら、百人一首を十番まで暗唱できるようにしてきなさいって、先生が」

おりんの声は優しかったが、常治の視線が痛かった。

『また忘れていたのか、このできそこないめ』

口にこそ出さないが、そう罵られた気分になる。

実際、宿題があったことさえ、正太はすっかり忘れていた。

もっとも、宿題をやってきたとしても、暗唱できたとは思えない。

何かを丸暗記するのは、大の苦手だ。なんべん読んでも、どれほど書いても、次の日にはすっかりどこかへ消えてしまう。

今では、ずっと年下の子供にも抜かされている始末だ。

「大丈夫、つまったら、助けてあげるから」

おりんがにっこり笑った。

おりんの笑顔に正太は胸がいっぱいになった。

正太とはあべこべに、おりんは物覚えがとてもよかった。いろはも九九《くく》も、いっとう早く覚えたし、百人一首だって、一番から百番まで、すらすらと唱えられるのだった。

学者を目指している常治よりも、もしかしたら頭がいいかもしれないと、正太はひそかに思っていた。

「その代わり、例のもの、お願いね」

おりんに拝むようにされて、正太は戸惑った。

「なんの話?」

「いやだ、もう忘れたの。おじい様の御本を読ませてくれるって約束したでしょう」

おりんの言葉で、正太はようやく思い出した。

いつだったか、おりんにいいところを見せたくて、正太は祖父の持っている蔵書を自慢したのだった。

祖父は本を集めるのが好きで、貸本屋の友人から、いろいろな本を買い取っていた。中には正太のような子供が楽しめる本もある。

本好きのおりんから、祖父の本を読ませてほしいとせがまれた正太は、きっと持ってくると請け合ったのに、すっかり忘れていたのだった。

「ごめん、今度持ってくるから」

手を合わせて詫びると、

「きっとね」

おりんは笑って、女友達のほうへ駆けていった。

「おりんが本をせびったんだな、すまないね」

常治は正太に、苦い顔で詫びた。

「常治さんにも、いい本を見繕《みつくろ》ってきましょうか」

正太は常治に気に入られたくて、愛想よく尋ねたが、常治の答えは冷淡だった。

「俺の読みたい本は、君のおじい様もきっと持っていないだろう」

常治は難しい漢学の本ばかり読んでいるのかもしれないと正太は思った。

「それより、暗唱を助けてもらうのは感心しないな。人に頼ってばかりいると、いつまでたってもできるようにならないぞ。百人一首の暗唱ぐらい、もっと小さな子だって……」

「すみません、もう行かないと」

正太はそれ以上説教される前に、急いでその場を逃げ出した。

午前中は何事もなく過ぎた。

おりんは正太の後ろに座って、正太が百人一首を暗唱する時、そっと背中に筆の柄で文字を書いてくれた。

それから正太はいつものように、墨を磨《す》って先生の手本を書き写したり、算盤で計算をしたりした。

北風が吹きつけてきて、かたかたと障子を鳴らしたが、寺子屋の中は生徒の熱気で暖かだった。

本堂からは、どこかのんびりした坊主の読経が響いてきた。

先生は一人ひとりの生徒の間をめぐり、字の留め、はね、払いを直したり、計算違いを正したり、本を朗読させたりした。

昼九つの鐘が鳴ると、子供たちの大半が昼飯を食べに、家へ引き上げ始めた。

正太も、午後から店の仕事を手伝うことになっていたので、寺子屋を後にした。


家に帰ると、正太の父がいつものように尋ねてきた。

「正太や、今日は何を習ったのかね？」

「はい。今日は百人一首の暗唱を……」

言いかけた正太は思わず、言葉を飲み込んだ。

百人一首と口にした途端、自分の読み上げた歌が一字とたがわず、頭の中によみがえってきたからだ。

その時の先生の表情、背中に書かれたおりんの筆の動きまで感じて、思わず頬が熱くなった。

何も知らない父親は、正太がいつものように忘れてしまったのかと、顔をしかめた。

「まったくお前というやつは」

そしていつものようにため息をついた。

「いつになったら人並みになれるのだろうな。まあいい、手を洗ってきなさい」

正太は頭を下げて店の裏に回ったが、その間、胸が興奮でどっくんどっくんと波打っていた。

今日の午前に起きたことが、次々と、鮮やかによみがえってきた。

常治のからかうような口調、墨を磨る感触、先生のお手本と、写し間違えた文字。北風が鳴らした障子、算盤をはじくぱちんぱちんという音、ひとつひとつの算術の問いと答え……。

坊主の読経の文句まで、口真似できそうだった。それがどういう意味なのかまでは分からなかったが。

記憶をたどるのに夢中で、昼飯の間も正太は上の空だった。

こんなことが起きるなんて、夢のようだ。老婆の言ったことは本当だったのだ。

昼飯の後、正太は祖父に蔵書を見せてくれるように頼んだ。

寺子屋の友達が見たがっていると言うと、祖父は喜んで、正太くらいの子供によさそうな本を見繕ってくれた。

正太は、おりんに貸す前に目を通しておこうと、店の手伝いが終わるとすぐに本を開いた。

滑稽本《こっけいぼん》の『東海道中膝栗毛《とうかいどうちゅうひざくりげ》』は、面白くて読みやすく、あっという間に読んでしまった。

読本《よみほん》の『南総里見八犬伝《なんそうさとみはっけんでん》』は、漢字が多くてとっつきにくく見えたが、いざ読み始めると血湧き肉躍る描写に釣り込まれて、どんどん読み進めることができた。

夕飯が終わり、薄暗くなってからも、行燈をつけて読みふけっていたせいで、油代がもったいないと母親に叱られたほどだった。

正太はあわてて行燈の火を消し、床《とこ》に潜り込んだ。

次の日、寺子屋で本を渡してやると、おりんはとても喜んだ。

約束を果たしたお礼に、おりんは、綺麗な反物の端切《はぎ》れをたくさん持ってきて、正太の母親を喜ばせた。

「これはいい、おじいさんに巾着袋《きんちゃくぶくろ》を作ってさしあげましょう。正太とおりんちゃんには箸入れでも作ってやろうかね」

いつも叱られてばかりだった正太は、久しぶりに母を喜ばせることができて、嬉しくなった。

それればかりではない。

用事を言いつけられても、正太は今までのように忘れ物をしなくなった。

それればかりか、店のお客さんに、

「おけいさん、いつもありがとうございます」

とか、

「おとつい買っていかれた筆の具合はどうですか」

など、こまめに声もかけられるようにさえなった。

声をかけようにも、今までは、客の顔も名前も覚えられず、注文を忘れぬようにするだけで精一杯だったのである。

「お前もやればできるじゃないか」

父は気をよくして、正太に小遣いをくれた。

正太は有頂天になったが、その時、ふと老婆の言葉を思い出した。

『効き目があると思ったら、またおいで』

たしかに効き目があったのだから、なにがしかのお礼をしなければなるまい。

正太はそう思って、前に老婆に会った辺りを探してみたが、橋は見つけられなかった。

おかしな話だ。

覚え玉のおかげで、一度歩いた道は二度と忘れない。くまなく歩けば、朱塗りの目立つ橋など、すぐにでも見つかりそうなものだ。

しかしどれだけ歩いても見つからないので、正太はとうとう諦めた。

あれはきっと仙人様か観音様か何かで、困っている自分を助けてくださったのだ。そう思うことにした。


本を貸した数日後、おりんがそのうちの幾冊かを返してきた。

「とても面白かったわ。膝栗毛の、駕籠《かご》かき相手に、値を釣り上げていくところなんて、大笑いしちゃった」

「弥二《やじ》さんと喜多《きた》さんが、旦那と家来のふりをするところだね。『やすうしてやらまいかいな』『やすくてはいやだ。高くやるならのりやせう』『そしたら、高《たこ》うして三百いただきましょかいな』『いやだいやだ。もちっと高くやらねぇか』」

すらすらと正太が答えるのに、おりんが驚いたようなので、正太は気をよくして尋ねた。

「八犬伝は読んだかい？」

「まだほんの、出だしのところだけ」

「あの長々しい龍のくだりで、音《ね》を上げたんじゃないだろうね。『龍《たつ》は立夏《りっか》の節《せつ》を俟《まち》て、分界《ぶんかい》して雨を行《やる》。これを名づけて分龍《ぶんりゅう》という。今は即ちその時也。それ龍《たつ》の霊たるや、昭々《しょうしょう》として近く顕《あらわ》れ、陰々《いんいん》として深く潜む……』」

そらんじてみせると、おりんは目を丸くした。

「どうやって覚えたの？」

「どうということもないけど、読んでいたら、自然と覚えちゃったんだ」

「……正太さんたら、すごいのね！」

できのいいおりんに褒められて、正太は鼻を高くした。

じきにおりんばかりでなく、寺子屋の先生や仲間たちも、正太の変わりように気づき始めた。

なにしろ、ちらっと見たり聞いたりするだけでなんでも頭に入ってしまうのである。千字文《せんじもん》、万葉集、算術の問いと答え、論語にお経まで、なんでもござれだ。

常治も、正太に説教したりできなくなった。

しまいには先生も舌を巻いて、『この子は江戸一の秀才かもしれない』と騒ぎ出す始末。

正太の父のところへやってきて、しかるべきところで学ばせて、学者にしてはどうかと言い出した。

父は仰天し、息子に店を継がせるべきか、はたまた学者にするべきか悩み始めたようだったが、困ったのは正太である。

それではおりんと離れ離れになってしまうし、正太は学者になどなりたくない。

しかたなく正太は、時々はわざと間違えるようにした。

忘れたふりをすることはできたが、一度覚えたことは、決して忘れることがなかった。

食べたもの、聞いたこと、目にしたもの、朝起きてから寝るまでのことを、ひとつ残らず覚えているのだから、そのうち頭が満杯になってしまいそうな気がした。

とはいえ、当面は、困ることよりも助かることのほうが多かった。

正太にとって、覚え玉は何より大事な宝物になった。

紐に通して首からぶらさげ、寝る時も、風呂に入る時も、肌身離さず身に着けていた。

正太が老婆に再会したのは、そうしたある日のことだった。

得意先に出かけて、帰りの少し遅くなったある夕暮れ、正太は目の前に見覚えのある太鼓橋がかかっているのに気がついた。

橋の真ん中には、あの老婆と白猫がちんまりと座っていた。

はて、どこをどうやって歩いてきたのだろうと、正太は今来た道のりを思い返そうとしたが、そこだけ記憶がぼやけてしまって、なんとしても思い出せない。

正太はなんとなく薄ら寒い思いで身震いし、おそるおそる老婆のほうへ近づいた。

「こんばんは」

声をかけると、老婆は正太を見上げて、にぃっと笑みを浮かべた。

「玉は役に立ったようだね」

「はい。物を忘れるということが、ついぞなくなりました」

「そりゃあよかった。なら、そろそろお代をいただこうかね」

正太は身を固くした。

ふところの銭入れに、いくら入っているか、確かめずとも覚えていた。

一文銭が十二枚。

飴《あめ》や団子を買うには十分なのだが、玉をもらって十日が過ぎている。

正太はおそるおそる尋ねてみた。

「いくら払ったらいいでしょう」

「忘れたとは言わせないよ。一日八文、今日で十日目だから、きっかり八十文だ」

「一日八文というのは、少し高くはないですか」

「高いもんかね。たった大福餅ふたつ分の値段だよ」

「でも、大福餅は、毎日食べたりしませんよ」

「文句を言うなら、玉を返しておくれ」

老婆は仏頂面で手を差し出した。

正太はあわてて言った。

「待ってください、払います。手持ちの分では足りませんが、今日のところはこれで勘弁してください」

銭入れの中身を取り出し、老婆に渡して、拝むように頭を下げる。

「ふん、仕方ないね」

老婆は鼻を鳴らし、正太に向かって意地の悪い笑いを浮かべた。

「残りを支払う当てはあるんだろうね」

「え、ええ……それは、まあ……」

「不足の金はあたしが貸したことにしておくよ。日に一割ずつ金利をもらうからね」

「えっ、そんなに……」

正太は頭の中で算盤をはじくうち、どきどきしてきた。

明日になれば、元金六十八文に金利が七文ばかりつく。一日分の八文と合わせて、八十三文になってしまう。

明後日には、金利が八文。八文が追加されて、九十九文。

鼠算式《ねずみざん》の増え方がどれほど恐ろしいものか、商人《あきんど》の息子の正太にはよく分かっていた。

一年後には、どれほどの額になるか、考えただけでもぞっとする。

「そんな大金、とても出せません。利息まで取るとは、あんまりじゃありませんか」

正太は泣きついたが、老婆は同情するそぶりも見せなかった。

「あんた、商人の子だろう。貸した金には利息がつくのが道理さね。物覚えのよくなった頭を使って稼ぐ方法を考えるか、商売も玉もすっぱり諦めるか、好きなほうを選びな」

正太は頭をめぐらせた。

百文ぐらいなら、なんとか用立てられそうだ。

学問ができるようになったご褒美《ほうび》に、父は硯を新調してやろうかと言っていた。硯の代わりに小遣いをもらえば、当座の足しにはなるだろう。

しかし、それだけではすぐに足りなくなってしまう。どうにかして、日に八文、稼ぐ方法をひねり出さねば。

「ほらお行き。次はちゃんと、まとまった金を用意してくるんだよ」

老婆は、しっしっと野良犬でも追い払うように手を振り、正太は急《せ》き立てられるように橋を下りた。

支払いのことで頭がいっぱいだったせいか、後から思い返してみても、どの道をどう通って店に帰ったのか、さっぱり思い出せなかった。

「さぁて、そろそろ店仕舞にしようかね」

人気のなくなった橋で老婆がつぶやくと、丸まっていた白猫が伸びをした。

金色の眼がぴかぴかと光り、喉の奥からごろごろという声が響いた。

「あんな子供に、一割の利息だと。つくづく業《ごう》の深いばばぁだぜ」

老婆は白猫を睨みつけた。

「おだまり、大福。お前がそうやってぶくぶく太っていられるのは、誰のおかげだと思ってるんだい」

「ここにいても、食うことと、婆さんをからかうことぐらいしか楽しみがないからなぁ。あんたがとっとと地獄へ落ちてくれりゃ、俺も御役御免になるんだが」

「文句なら、地獄の門番に言っとくれ。あたしを見ると、向こうで門を閉じちまうんだから」

老婆は歯を剥き出した。

「しかし、あんな坊主に、そんな大金を用意できるはずがないぜ」

「そいつは玉の使いようさ。十両出しても覚え玉を欲しがる人が、大勢いるんだからね」

老婆は言い返した。

「へえ、そうかい。俺は、なんでもかんでも忘れられないなんて御免だがな」

「あんたにゃ猫に小判ってもんだよ。必要な人にとっては、たいしたお宝なんだ」

「あの坊主にゃ、日に八文の値打ちがあるのかい？」

「さあ、それはあの子が決めることだ。あたしが決めるのは、今日もらった十二文で、何を買うかってことぐらいさね」

「大福餅なら三つは買えるぜ」

白猫が赤い舌でぺろりと鼻面をなめた。

老婆は呆れたように頭を振った。

「あたしゃ大福餅は飽き飽きしたよ。そうだねえ、今晩は、甘酒でも飲もうかね」

そう言うと、行燈に顔を寄せ、中の火を吹き消した。


それからの正太は、どうしたら日に八文を手に入れられるだろうと、そればかりを考え始めた。

といっても、子供の頭で思いつくことなど、たかがしれている。

はじめに思いついたのは、駄賃をもらうことだった。

得意先に届け物を持っていった折に、ちょっとした用事を頼まれて、駄賃をもらったのを思い出したのである。

そこで正太は、品物を届けるたび、客に入り用のものがないか尋ねることにした。

忙しい客の代わりに、ひとっ走り買いに行くと、釣り銭の一、二枚はめぐんでもらえた。

しかし、日に八文には足らなかったし、それも長くは続かなかった。

どうも帰りが遅いと父親に怪しまれ、小遣い稼ぎがばれてしまったのだ。

「小銭に釣られて店の仕事をおろそかにするなんて、しようのない奴だ」

ひさしぶりに叱られてしょんぼりしていると、父親が言った。

「そんなに小遣いが欲しいなら、きちんとひょうたん屋の仕事としてやりなさい。お前の機転で売れたなら、売れた代金の一分《いちぶ》を小遣いにしてやるよ」

父に言われて、正太は張り切った。

それから正太は、さまざまな品物を入れた背負い箱をしょって、客の御用聞きに回るようになった。

覚えのよくなった正太には、うってつけの仕事だった。

「そろそろ煙草が切れるころでしょう。新しいのをお持ちしました」

「先日は筆を買っていただいてありがとうございました。相性のいい墨がありますが、いかがですか」

「おかみさんが、こないだ店の前を通りかかって、この鏡をとても欲しそうに眺めていましたよ。こっそり買って差し上げたら、きっと惚れ直すに違いありませんよ」

などと愛想よく話すと、お客はほいほいお金を出してくれた。

町で聞いた噂話などもみな覚えているので、雑談に話して聞かせると、客が感心して余分に金を出してくれることもあった。

「お前はなかなか商才がありそうだ」

父親はすっかり気をよくした。

「いっそ寺子屋なんざやめて、店の手伝いに専念したらどうだい？　そうすりゃもっと、小遣いをやるぞ」

父の言い分はもっともだが、寺子屋をやめれば、おりんと今のように会えなくなってしまう。

正太はあわてて、

「もう少し学ばせてください。ちかごろ、学問が面白くなってきたんです。きっと商売の役にも立ちますから」

心にもないことを言って、父親を喜ばせた。


あれこれ知恵を振り絞ったおかげで、小遣いはどんどん貯まっていったが、借金を返すにはまだまだ足りなかった。

いくら物覚えがよくなっても、それだけで楽に銭が稼げるわけではないのだ。

「いっそ金儲《かねもう》けの知恵を授けてくれる玉はないものかなあ」

店番をしながら正太がぼやいていたある日のことだ。

見たことのない頬かむりの女が、供らしき男を連れて通りかかった。

店先に足をとめ、小袋をしげしげと眺めている。

そこへ、おりんがやってくるのが見えた。

いつもの正太なら、いそいそと近づいて話しかけるところだ。

正太は、仕入れたばかりの綺麗なかんざしや紙入れを、おりんに見せてやるのが好きだった。

しかし、頬かむりの女の様子も気になった。今、気の利いた言葉をかけてやれば、小袋を買ってくれるかもしれない。

正太が迷っているところへ、

「もし」

女のほうから正太に声をかけてきた。

瓜実顔《うりざねがお》に切れ長の目をした、美しい女だった。

「とても素敵な袋ですね。今まで見たことのない作りです」

正太は近づき、腰をかがめた。

「お気に召しましたか、ありがとうございます。最近作らせた新作です」

「もっと数がありますか」

「今あるのはそこにあるきりですが、どのぐらいご入り用ですか」

正太が尋ねると、

「百ばかり」

と女が答えるので、正太は驚いた。

女は続けて名を名乗った。

「私は大森《おおもり》家の奥に仕える者で、小雪《こゆき》といいます。このたび家中《かちゅう》に慶事があり、祝いの品を配るよう、奥方様に言いつけられたのです」

なんと、女は、大名家で働く女中だったらしい。

「屋敷に出入りしている者に頼むつもりだったのですが、この袋はとても気に入りました。もし手配ができるようなら、こちらの店でお願いします」

「いつまでにご入り用ですか。どちらへお届けすればよろしいでしょう」

思わぬ大口の注文に、正太は身を乗り出した。

大森家に出入りできるようになれば、商いも広がるというものだ。

おりんが足を止めて、ちらちらと気になるように正太を見ていた。

ひょっとして、何か自分に話があったのかもしれないと気になったが、今はそれどころではなかった。

小雪は、半月後には、品物を屋敷へ届けてほしいという。

急なことで心配だったが、正太はきっと間に合わせると請け合った。

袋物はたいがい、母が縫ったり、内職のおかみさん連中に縫ってもらったりしていたが、それではとても間に合わない。

しかし、生地を買って、縫い方を教えてやれば、よそでも同じ袋を作らせることはできるだろう。

このことは、両親には内緒にして、驚かせてやろうと正太は思った。

一人ですっかりやり遂げれば、これからはもっと商いを任せてもらえるだろう。小遣いだって一分と言わず、四分、五分とはずんでもらえるに違いない。

小雪の帰った後、おりんの姿を探してみたが、商売の邪魔をしてはと思ったのか、いつの間にかいなくなっていた。

正太はそれからしばらく、父に内緒で寺子屋を休み、大急ぎで袋を作らせる手はずを整え始めた。

あちこち走り回ったかいあって、くだんの袋は、どうにか期限の三日前に届けられることになった。

ようやくほっとした正太は、久しぶりに寺子屋へ顔を出すことにした。

寺の門をくぐるとさっそく、おりんが駆け寄ってきた。

「久しぶりね、正太さん」

「このところ、店の仕事が忙しかったんだ」

「最近、ひょうたん屋も繁盛しているようだものね。正太さんが、寺子屋をやめてしまうんじゃないかと心配していたの」

おりんにそう言われると、まんざらでもない気分だ。

しかし、おりんの話は、それだけではなさそうだった。

「何か話があるの?」

正太が尋ねると、おりんはもじもじしていたが、やがて意を決したように切り出した。

「実は、相談したいことがあって」

「どんなこと?」

「正太さん、急に学問ができるようになったでしょう」

おりんは正太を上目遣いに見上げた。

「どうしたらそんな風に、なんでも覚えられるようになるのか、教えてほしいの」

正太はドキリとした。

本当を言うと正太は、不思議な老婆と玉のことを、誰かに話したくてうずうずしていた。

こと、増え続けている借金のことは、誰かに相談しないと不安でならなかった。賢いおりんならいい考えを思いつくかもしれない。

しかし、玉のことを打ち明ければ、おりんに、すごいわね、と褒めてもらうこともなくなるだろう。

内緒にしておいて、尊敬のまなざしで見てもらいたいという気持ちも正太にはあった。

迷っている正太に、おりんは手を合わせて頭を下げた。

「誰にも話さないから、お願い」

おりんはよっぽど学問が好きなのだと、正太は思った。

頭がよいだけでなく、宿題もきちんとやってくるし、本だってたくさん読んでいる。

先生にもあれやこれやと難しい質問をする。

人一倍努力家ながら、そのことを鼻にかけたりせずに、惜しみなく、正太を助けてくれていた。

そんなおりんと引き比べて、正太は自分が恥ずかしくなってきた。

正直に話そう。今度は自分が、おりんの学問の手助けをしてやろう。

正太は、とうとうおりんに、玉のことを打ち明けた。

老婆のことも、一日八文の借金のことも包み隠さず話し、覚え玉を取り出して見せたが、おりんはまだ半信半疑のようだった。

「この玉にそんな力があるなんて、信じられない」

「本当だよ。見たものも聞いたものも、全部覚えてしまうんだ」

「なら、前に会った時、あたしがどんな着物を着ていたか覚えてる?」

「もちろん。前に会ったのは、十日と二日前、露草色の着物に、煎茶の帯を締めてた。同じ帯をその五日前にも締めてたね」

「いやだ、そんなことまで覚えているの」

おりんは頬を赤らめてうつむいたが、やがて顔を上げた。

「もしそれが本当なら、あたし、その玉の代金を工面《くめん》できるわ」

「どういうこと?」

「実はね、どうしたら覚えられるようになるのか尋ねたのは、お兄様がもうじき、学問の吟味《ぎんみ》を受けなければならないからなの」

おりんは利発そうな目をくりくりさせて、正太を見た。

学者を目指している常治は、高名な学者に弟子入りすることに決めたらしい。

しかし、入門するためには、どれほど学問ができるか、吟味を受けなくてはならない。

「お兄様は、このところ毎晩、分厚い書物を何冊も読んでらしたのだけれど、無理しすぎたのか、とうとう熱を出して寝込んでしまわれたの」

「そりゃあ大変だ。吟味はいつ？」

「半月ばかり先のことよ。今から取り組めば、きっと間に合うわ」

大切な試験の前に寝込んでしまうなんて、正太は聞いているだけでもきりきりと胃が痛くなってきた。

「正太さん、お願い。その玉をしばらく貸してもらえないかしら。その代わり、三両、用立ててもらうから」

「三両も！」

「お父様は、お兄様を入門させられるなら、いくらでも出すと言っていたわ。それくらいならどうにかなるわ」

正太はしばし思案した。

三両あれば、借金を返せるばかりか、この先何年も玉を持っていられる。ずっと玉に頼ってきただけに、手放すのは不安だが、今のままでは、借金は膨らんでいくばかりだ。

「必ず返してもらえるよね」

正太は念を押した。

覚え玉の効き目に味をしめた常治が、玉を手放したくなくなるのではないか。それだけが心配だった。

「もちろんよ。心配なら借用証文を書くわ」

その日の寺子屋の授業が終わると、おりんは筆をとって、さらさらと綺麗な字で借用証文をしたためた。

正太はおりんに玉を手渡し、おりんは正太に何度もお礼を言って帰っていった。

金の算段は無事済んだが、代わりに正太は半月ほどの間、覚え玉なしで過ごさなければならなくなった。

玉を手放して、正太は驚いた。

覚えられなくなったばかりか、今まで覚えていたはずのことまで、綺麗さっぱり忘れてしまったのである。

論語の一節も百人一首も、なにひとつ思い出せなかった。

そうと分かると、正太は、寺子屋へ行くのが怖くなった。

これまで簡単にできていたことができないのだから、先生も、不審に思うに違いない。ふざけているか、やる気をなくしたかと怪しまれて、叱られるに決まっている。

寺子屋を休んで商売に精を出そうにも、お得意さんの名前も届け先も、すっかり忘れてしまった。

前のようにしくじって、父をがっかりさせ、お客様に迷惑をかけるのは、火を見るよりあきらかだ。

悩みに悩んだ正太は、仮病を使って寝込んでいることにした。

食欲もわかず、昼ご飯も残して青白い顔をしていたので、父も母も、正太の言葉を信じたようだった。

しかし、そんな嘘が半月も持つものだろうか。

いずれ化けの皮が剝がれたらと思うと、正太は不安のあまり寝つかれなかった。

次の日も、その次の日も、正太は床から出なかった。

床についていても眠れない日が続き、目の下に隈《くま》を作っている正太を見て、母はことさらに心配した。

「お医者様を呼ぼうかね」

「いいよ、もう少し休んでいれば治るから」

嘘をついた罪悪感で、胃がきりきりと痛んで、ほんとうに具合が悪くなってきた。

いっそ、すべて打ち明けてしまおうか。

それとも、お医者様に薬を処方してもらおうか。

もんもんと悩んでいるところへ、父が途方に暮れた様子でやってきた。

「正太、ほうぼうからお前宛にこんな袋が山ほど届いているんだがね。覚えはあるかね」

父が枕元に持ってきた袋を目にして、正太は、はっとした。

先日、大口の注文を受けたことを、ようやく思い出したのである。

正太は、がばと床から身を起こした。

「そうだ。袋を届けなくちゃ……明日……いや、今日だったかな……」

「お前一人で、こんなたくさんの注文を勝手に受けたのか」

父は驚いたようだった。

「相談せずにすみません……」

手柄を上げて早く借金を返そうと焦ったせいで、両親にも店の者にも、注文のことは話していなかった。

「それで、どこへ届ければいいんだい」

正太は必死に頭を絞ったが、聞いたはずの道順はおろか、頬かむりの女の名も、どこの大名家の注文だったのかも、なにひとつ思い出せなかった。

「お前、その身体では、届けることなどできないだろう。怒らないから正直に言いなさい。どなたから注文を受けたんだね」

「ええとそれが……どなただったか……」

正太の言葉に父は驚いたようだった。

「これだけの注文をしたお方を、思い出せないということがあるか。帳簿につけていないのかい。常連のお方じゃないのなら、届け先を書いた書付くらいは、あるだろう」

正太はこのところすっかり、帳簿をつけるのをさぼっていた。

なんでも覚えられるので、後でまとめてつければいいと、たかをくくっていたのだ。

「相手をよく確かめもせずに、こんなにたくさん袋を作らせたのか」

「いいえ、身元は確かなお方です。待ってください、今なんとか思い出しますから」

父親は口を一文字に引き結び、恐い顔でじっと正太を見ている。

わきの下に冷や汗がにじんできた。

どっどっと心の臓が波打って、頭がぼうっと熱くなってきた。

正太は身体を丸め、頭を抱えた。

「正太や、大丈夫かい」

母親が心配して、正太の背をさすった。

正太はずきずきする頭を働かせて、必死に思い出そうとした。

何かひとつでもいい、手がかりになるようなものが思い出せれば。

たとえば、女の着物のどこかに、家紋か何かついていなかったか。

頰かむりの女と供の姿が、ぼんやりと頭に浮かんだ。

しかし、まるで夢の中の出来事のようで、女の顔も服装もしかとは思い出せなかった。

ああ、罰《ばち》があたったのだ。あんな玉に頼って調子に乗ったから。仮病など使って両親を心配させたから。もう何もかもおしまいだ。

目の前が真っ暗になり、めまいを感じたその時だ。

あるものが、ぱっと鮮やかに脳裏へ浮かび上がってきたのである。

露草色の着物に、煎茶の帯。

こちらをちらちらともの言いたげにうかがっていた、つぶらな瞳。

「おりんちゃん」

正太は床から飛び出した。

驚く両親を後に残し、寺子屋まで走りに走った。

乱れた着物に下駄をつっかけ、神様、仏様、どうかひょうたん屋をお救いください、と、祈りながら、駆け続けた。

寺子屋の窓辺にとりすがり、正太は背筋を伸ばして清書しているおりんの背中に呼びかけた。

「おりんちゃん、話があるんだ」

おりんが驚いた顔をして振り返り、先生や手習に来ていた筆子《ふでこ》達も顔を上げた。

恥ずかしかったが、背に腹は代えられない。

「急いでるんだ。おりんちゃん、少しだけ話を聞いてくれない？」

おりんが先生に断って、小屋から出てきた。

先生も、おりんの後からついてきた。

「先生、すみません。ひょうたん屋の危機なんです」

正太は先生に詫びると、息せき切っておりんに尋ねた。

「おりんちゃん、せんだって、ひょうたん屋に来た時のことを覚えてる?」

「前に買い物に行った時のこと?」

「露草色の着物を着て来た時だよ。その時に僕がお客様と話していたことを、覚えている限り、話してほしいんだ」

おりんは眉をひそめていたが、何かに気がついたようで、深くうなずいた。

「分かったわ。あのお女中さんが来ていた時のことね」

「あっ、待って、何か書くものを用意しなくちゃ」

それから正太は紙と筆を借りて、おりんの言うことを書き留めた。

おりんは一部始終を、くわしく覚えていた。

「盗み聞きするつもりはなかったんだけど、正太さんが、まるで大人みたいに商談を進めているもんだから、つい聞き入ってしまったのよ」

女は小雪といい、大森家の女中だとおりんは話した。

「たしか、お屋敷に入るための木札を届けさせると言っていたわ。お店のどこかに木札があるはずよ」

話を聞き終えると、正太は先生とおりんに礼を言って、ひょうたん屋に飛んで帰った。

そして、困惑している両親に、書付を見ながら、説明し始めた。

半信半疑だった両親も、帳場の小引出しにあった木札を見せると、正太の話が本当だと納得したようだった。

地図を手に、父と正太が店を出るころには、ちらちらと雪が降り始めていた。

父も大名家のお屋敷など初めてだ。

すっかり緊張して、正太にも粗相《そそう》のないようにと、何度も釘を刺した。

目当ての屋敷にたどりつくころには、地面は真っ白になっていた。

小雪にもらった木札を出し、大きなお屋敷の裏手から中に通されて、薄暗い廊下を歩いた。

小間《こま》に通されて、しゃちこばって待っていると、しずしずと長い着物を引きずって、小雪が現れた。

父も正太もかしこまって、畳に頭をすりつけた。

「この雪の中を、ありがとうございます」

「こちらこそ、私どもの店なぞに足をお運びいただいて、まことに恐れ多い話でございます」

父はしどろもどろになっている。

持ってきた袋を改めると、小雪は二人に向けて微笑んだ。

「たしかに受け取りました。きっと奥方様も、お喜びになります」

正太は胸を撫でおろし、頭を下げた。

「これからも、どうぞごひいきに願います」

「これ」

父が正太をたしなめたが、小雪は正太に目を向けて、優しくうなずいてくれた。

「また寄らせてもらいますよ。あなたは若いのに、しっかりしていますねえ」

「恐れ入りましてございます」

父が低頭しつつも、呆れたようにちらりと正太に目をくれた。

おりんちゃん、ありがとう。

正太は心の中でつぶやいた。

黒いつぶらな瞳と、露草色の着物が、鮮やかに正太の脳裏に浮かび上がった。

こうしてなんとか間に合ったのは、おりんがいてくれたお陰だ。

覚え玉なしでも消えることのなかったあの姿を、正太は生涯忘れないのではないかと思った。

お茶をごちそうになり、小間から雪景色を見て、正太達は大名屋敷を辞した。

床の間や庭の造作、上品なお茶の味まで、父はことごとく心を打たれたようで、こんな立派なお屋敷の方々にひいきにしていただけるのはありがたいと、何度も繰り返した。

忘れっぽい正太だが、この日のこともまた、一生忘れられそうになかった。

雪はそれから三日三晩降り続けた。

寺子屋にも行けず、店に来る客も減ったので、正太は暇にあかせて、祖父の本を読んだりしていた。

雪が止んだ翌日も、空は曇っていたが、次の日は陽が顔を覗かせた。

雪がようやく解け始め、正太は、店の番をしながら、明日辺りは寺子屋に行こうかとぼんやり考えていた。

覚え玉なしに寺子屋に行くのは怖かったが、いつまでも休んでいるわけにもいかない。

「おりんちゃんと、話したいこともあるしなあ」

独り言を言っていると、思いが通じたのか、店先へ当のおりんがやってきた。

「私に何か話があるの？」

独り言が耳に入っていたらしい。正太は急いで首を振った。

「なんでもないよ。おりんちゃんこそ、何か用？」

おりんはどこかもじもじした様子で、正太を店の外へ連れ出して、脇道に呼び寄せた。

「正太さん、例の覚え玉のことなのだけど……」

小声で言いかけるのを聞いて、やはりそうか、と正太は思った。

常治はきっと、玉を買い取りたくなったのだ。

「あの玉、お兄さんの役に立ってる？」

正太がおりんと話したかったのは、まさにそのことだった。

もし常治が三両で買うつもりなら、売ってもいいと正太は思い始めていた。

おりんへの恩返しにもなるし、いくら覚え玉の力を借りて覚えても、玉をなくしただけで何もかも忘れてしまうのでは、かえって不安だ。

きちんと帳面をつけ、店の者にも助けてもらえば、小間物屋の仕事ぐらいなんとかやっていけるだろう。

それよりも、覚え玉を学問に役立てたほうが、きっと世のためにもなる。

しかし、そう切り出す前に、おりんは意外なことを言った。

「それが、お兄様にはちっとも効き目がなかったらしいの」

「えっ、ほんとう？」

「それで……ついかっとなって玉を投げつけてしまったそうなの」

玉は運悪く柱にぶつかり、なんとひびが入ってしまった。

「ほんとうにごめんなさい。効き目がなくなっていないといいのだけれど……」

そう言っておりんは玉を差し出した。

正太は玉を取り上げ、陽にかざしてみた。

玉はこまかなひびのせいで、白く濁って見えた。

覚え玉というよりは、正太が初めに引き当てた忘れ玉に似ている。

「ねえ、正太さん」

おりんがそっと正太に、巾着袋を押しつけた。

「三両には足らないけれど、これ、私のお小遣い。玉の借り賃の足しにして」

「いらないよ」

正太はおりんに、巾着袋を押し戻した。

「でも、正太さんにはその玉が必要なんでしょう?」

おりんは、すまなそうに目を伏せた。

「おりんちゃんは、どう思う?」

「え……?」

「この玉がなかったら……このまま物覚えが悪いままだったら、ひょうたん屋の跡継ぎにはふさわしくないかな」

「まさか」

おりんは首を横に振った。

「正太さん、お女中さんを相手にしても、堂々としていたもの。私だったら、怖じ気づいてしまって、とてもあんな風に話せないわ」

「でも、おりんちゃんがいなければ、今頃どうなっていたことか」

正太がそう言ってうつむくと、

「そうね。あの時、わたしが通りかかってよかったわ」

おりんは、元気が出たようににこりと笑った。

正太は顔を上げて、おりんを見返した。

「そうよ、正太さん。ちょっとぐらい覚えが悪くたって、私がいれば大丈夫」

正太は耳まで赤くなった。

「また寺子屋に来てね。約束よ」

気のせいか、おりんの頬も、ぽっと赤くなったように見えた。


それから幾日か過ぎた夕暮れのことだ。

橋の上にござを広げて座っていた老婆の下を、正太が訪れた。

「よかった、やっと会えました」

頭を下げる正太に、老婆は不愛想に尋ねた。

「あたしに話があるようだね」

「はい。実は、覚え玉のことで相談がありまして……」

正太は老婆に手の中の玉を見せた。

透明だった玉には、ひびが入って、すっかり白っぽく濁っている。

「少し前に、玉の色がこんな風に変わってしまいました。それからというもの、すっかり効き目がなくなってしまったのです」

老婆は仏頂面でじろじろ玉を見ていたが、やがて正太を見上げて尋ねた。

「で、あんた、どうしたいんだい？」

正太は懐に手を差し入れ、銭差《ぜにさ》しを取り出した。

「玉はお返しします。ここに千文あります。どうかこれで手を打っていただけないでしょうか」

老婆はふんと鼻を鳴らした。

「商売人らしくなってきたじゃないか」

正太は頭をかいた。

「どうでしょう、私にもひょうたん屋の跡継ぎが務まりますか」

「あたしが何と言おうと、あんた、その気なんじゃないのかい？」

老婆は正太を見て、ひひと笑った。

「ま、覚えのいい嫁さんでももらえばいいさ」

正太の顔が、耳まで赤くなった。

「お世話になりました」

ぺこりと頭を下げて正太が去っていくと、老婆はぶつくさとつぶやいた。

「やれやれ、玉をこんなにしちまって。これ、大福や」

老婆の隣でひらべったくなっていた白い猫が、顔を上げた。

「もう一働《ひと》き、頼むよ」

「えっ、俺かい」

「このままじゃ、壺に戻すわけにはいかないよ」

「しょうがねえなあ」

白猫はぺろりと赤い舌を出して、玉を口に入れた。

ぶるぶるっと身体が震え、全身の毛が逆立った。

猫は、身体全体を何度か大きく波打たせると、しまいに、ぺっと玉を吐き出した。

「ありがとさん」

老婆は玉を取り上げて、陽に透かしてみた。

玉はすっかり透明になっていた。

白猫は地面にべったり張りついて、ぜいぜいと息をついている。

「まったく……人使いの荒いばばぁだぜ……『玉屋』に頼めばいいのによ」

「『玉屋』は長らく旅に出てるからね、当座のしのぎさ。文句ならあの坊やに言っとくれ。玉を人に貸したりするもんじゃないってね」

「あいつ、玉を誰かに貸したのか」

「効き目がないからって、腹いせで玉を投げつけるなんて。よっぽどこの玉が欲しかったらしいねえ」

白猫は不思議そうに、首を傾《かし》げた。

「人間ってのはおかしな生き物だなあ。そんなに欲しけりゃ、自分で出向いてくりゃいいのによ」

「そのうち来るかもしれないよ。けど、その時に、あんたがこの玉を引き当てるかどうか、見物《みもの》だね」

老婆は、ぽとりと覚え玉を壺の中に落とした。

きん、こん、からん、と、不思議な音が響き渡った。

第五話　よくばり玉

店を暇乞《いとまご》いするころには、陽が落ちかけてきていた。

「あれまあ、ずいぶん、遅くなってしまったねえ」

見送りに出てきた団子屋《だんごや》のおかみのおりゅうが、夕焼け空を見て、まぶしそうに目を細めた。

赤く染まった空に、金色のうろこ雲が並んでいる。

「トメばあさん、気をつけて帰りなよ」

「慣れた道さ。それより、今日の稼ぎをおくれ」

「はいはい、これが今日の分だよ。お疲れ様」

おりゅうの差し出した銭を、トメは骨ばった手でさっとすくいとると、ひょこひょこと夕暮れの町を歩きだした。

　筆みたいな細い影を引き連れて、トメは路地を進んでいった。

　年の割にはかくしゃくとしているが、右足を引きずるようにしているのは、ひと月前、どぶ板に足をつっかけて転んでしまったせいだ。

　この頃では、一日店の手伝いをしていると、足腰も痛むようになってきた。

「やれやれ、こんなにあくせく働いたって、これっぽっちしか稼ぎがないんだからねえ」

　トメは歩きながら、てのひらの小銭を取り出してみた。

　一文銭がたったの四枚。

　大福餅でも買えばおしまいである。

　団子屋の手伝いで、団子と昼飯の白米は好きなだけ食べさせてもらえるから、食うだけなら困らない。

　しかし、食って寝るだけでは満足できないのが、人の性《さが》である。

「まったく、しみったれたもんさ。このまま贅沢《ぜいたく》もできずに、老いぼれて死んでいくのかと思うと、みじめになるよ」

　ぶつくさつぶやきながら、堀端までやってきたトメは、おや、と首を傾《かし》げた。

すぐ向こうに、見覚えのない橋がある。

どこかで道を間違えたろうかと思い、細い首を伸ばして、きょろきょろ辺りをうかがっていると、どこからか声がした。

「そこのあんた、ちょっとこっちへおいで」

見れば、欄干の向こうから、老婆がおいでおいでと手招きしている。

白雪のごとく真っ白な髪をして、つぎだらけのボロを身にまとった老婆だ。

トメはしかめっ面をして、顔の前で手を振った。

「あいにくだが、めぐんでやる金はないよ」

「おや、誰が金をめぐんでくれと言ったね？」

不愛想な声が返ってきた。

「そういや、あんたこそ、金をめぐんでほしそうな顔をしているね」

「失礼な婆さんだね。あんたにそんなことを言われる筋合いはないよ」

「ふん、お互いさまってもんさ。それより、どうなんだい、金が欲しくないのかい？」

「そりゃもらえるもんなら、ありがたくいただくとも。けどまさか、あんたがあたしに金をめぐんでくれるわけじゃないだろう？」

「あたしがめぐむわけじゃないが、手助けぐらいならできる。ちょっと寄っておいき」

とんだ婆さんもいたものだとトメは思ったが、何をどう助けるつもりなのか興味もそそられ、回り込んで橋の真ん中まで足を運んだ。

老婆は小さな机を前に、ござをしいてちんまりと座っていた。『玉占～たまうら』と書かれた破れ行燈《あんどん》が、老婆の右手に灯っている。

行燈の反対側には青い模様の描かれた白い壺。

壺の手前に、老婆の髪と同じ、真っ白な毛をした太っちょ猫が陣取って、金色の眼でトメをじっと見上げていた。

「あんた、占い師なのかい？　あたしゃ、占ってもらう金なんざ持ってないんだけどね」

「話すだけならお代はただださ。まずはここから玉を引いてごらん」

占い師は脇に置いてあった壺に手を伸ばし、トメのほうに傾けた。

トメはかがみこんで、壺の口に手を差し入れてみた。壺の中は、思いのほか広かった。

肘の辺りまで突っ込むと、ひんやりした玉が、指先に触れた。

かき回すと、きん、こん、からん、と、不思議な音色が響いてくる。

神様仏様、どうぞいいのを引き当てますように。

そう念じると、えいっとひとつ選んで取り出した。

しわだらけの手に握られていたのは、透明なガラス玉だった。中に大きな気泡が浮いている。

なかなか綺麗な玉ではないかと夕陽にかざして眺めていると、占い師に玉をひったくられた。

「ははぁ、こりゃ、よくばり玉だね。あんたにぴったりだ」

トメはむっとした。

「あたしが欲張りだって？　冗談じゃないよ。食い物も着物もろくに買えなくて、ぴぃぴぃ言ってんのに、欲張りも何もないもんだ。説教するつもりなら、もう帰るよ」

そう言って立ち上がり、行きかけると、占い師が呼び止めた。

「お待ち、せっかちだと損するよ。今、いいもんを出してやるから」

占い師は、傍らに座っていた白猫の顔を覗き込んだ。

「大福や、ちょいと一働《ひと》きしておくれ」

大福と呼ばれた猫は、大儀そうに丸々とした身体をゆすって立ち上がった。

伸び上がって、壺の中に鼻面を突っ込む。

そのままよじのぼるようにして、首を突っ込み、胸までもぐり、とうとう、でっぷりした腹までずっぽりと壺に埋まってしまった。

後ろ足がじたばたと空《くう》をかき、ふさふさした白いしっぽがばったんばったん動き回る。

壺の中からは、きんからこんから、やかましく音が響いてきた。

「これ、大丈夫かい」

引っ張り出してやろうかと、トメが後ろ足をつかんだ途端、猫がはじかれたように飛び出してきた。

あおりを食って、のけぞったトメの前に、でぶ猫はくるんと器用に宙返りして着地した。

「いててて……危ないじゃないか。まったく、怪我したらどうしてくれるんだい」

トメは腰をさすりながら文句を言った。

猫はすまし顔で頭をちょいと下げて、口にくわえていた玉を落とした。

トメは腰をかがめて、玉を拾い上げてみた。

「へえ、こりゃあ……」

こちらの玉の中には、小さな泡がいくつも入っていた。

無数の泡の粒が夕陽にきらめき、まばゆい金色に輝いている。

「ずいぶん綺麗な玉だねえ」

思わず感嘆の声を漏らすと、占い師がにっと歯を見せて笑った。

「気に入ったかい？　それはあきあき玉さ。あたしは金をめぐんでやれないけど、その玉を持っていれば、たんまり金が手に入るよ。それこそあきあきするくらいね」

「冗談だろう。なら、あんたはどうして、そんなボロを着ているのさ」

「あたしゃ占い師だよ。その玉は、あたしのための玉じゃない。あんたにしばらく貸してやるよ」

「しばらくって、いつまでだい」

「金が手に入るまで持っていたらいいさ。その代わり、金が手に入ったら、一日につき八文を、あたしによこすんだよ」

トメは狐に化かされたような気分で、手の中の玉を見下ろした。

何やらおかしな話だが、金が入らなければタダなのだから、損する気遣いはなさそうだ。

トメは玉を家へ持って帰ることにした。

トメの家は坂の下に建っていた。

親の残してくれたのは、この家ばかり。家財はあらかた売り払ってしまって、鍋釜《なべかま》や米櫃《こめびつ》など、手放せないものぐらいしか残っていない。

一人、粥《かゆ》をすすって、わびしい夕飯を終えると、トメは、あきあき玉をお供えと一緒に神棚に乗せ、ぱんぱんと手を叩いて頭を下げた。

——どうか金が手に入りますように。

まだ半信半疑ではあったが、もしこれで金が手に入るならもうけものだ。

しかし、玉がツキを運んできてくれるとしても、どこでどうやって金が手に入るのだろう。

若い娘なら、いい縁談が舞い込むかもしれないが、どう考えても嫁に行けるような年ではない。

親類縁者もとうになく、銭を送ってくれるような子供もいない。

自分の店でも持っていれば、思いがけず商売繁盛することもあるかもしれないが、トメには店どころか、売れるような家財もない。

団子屋の手伝いに行って、わずかな小遣いをもらい、帰って寝るだけの生活では、ひっくり返っても大金が舞い込むとも思えない。

考えているうちに、今日、店に来た客が富くじの話をしていたのを思い出した。

一等になれば、なんと三百両が当たるそうだ。

――ああ、もし、三百両もあったらねえ……。

トメはうっとりした目で、神棚を見つめた。

ろうそくの光に照らされて、あきあき玉は、黄金《こがね》でできているかのようにキラキラ輝いている。いかにもツキを招いてくれそうだ。

富くじなど買ったこともないが、明日は神社に足を運んでみようか。一生に一度くらい、運試しに富くじを買ってみてもいいかもしれない。

――ぴかぴかの小判を、飽きるほど拝んでみたいもんだねえ。

トメは頭の中に壺いっぱいの小判を思い浮かべた。

――三百両を使い切るまで贅沢三昧できたら、いつお迎えが来ても惜しくないよ。

その晩トメは、どこか浮き立った気持ちで眠りについたのだった。

一晩たって、せんべい布団の上で目を覚ましたトメは、起き上がるとまず、あきあき玉を探した。

神棚の上のあきあき玉は、昨晩のように輝いてはいなかった。

神棚から下ろし、てのひらに乗せて、つくづくと眺めてみたが、朝の青白い光の中では、なんの変哲《へんてつ》もないガラス玉にしか見えない。

前の晩は浮き立っていた気持ちが、急に冷え込んできた気がした。

貧乏たらしい占い師にもらった玉など、なんの役に立つというのだろう。

それでもトメは、玉を腰にくくりつけ、神社へと歩きだした。

屋台の並ぶ神社の門前は、ごったがえしていた。

富くじを売っている札屋《ふだや》の前には、人だかりができている。

トメは、懐《ふところ》に入れた財布を、着物の上からしっかり押さえて、様子をうかがった。

期待と欲望に目をぎらつかせた男達が、我先に札へと手を伸ばしている。

どれだけの人が富くじを買うのだろう、あの中のどのくじが当たるのだろうと思うと、めまいがしてきた。

「婆さん、買うのかい、買わないのかい。買うならとっとと買ったがいい、買わないならどいとくれ」

業を煮やしたのか、後ろにいた男がいらついたように声をかけてきた。

トメは男に場所をゆずり、また後ろから、様子をうかがった。

富くじ一枚買うのに、金一朱、銭にして三百文以上かかる。

鰻飯《うなぎめし》を食って、高価な蒸羊羹《むしようかん》を買っても、まだおつりのくる額だ。天ぷら蕎麦《そば》だって、十杯は食べられる。

——やっぱり、もったいないねえ。

これだけの人がいるのだ。あきあき玉にどれほどの力があるか知らないが、よほどのことがなければ当たりっこない。なぜこんなバカなことに金を使ったのかと、後から悔やんでも遅い。

ため息ひとつついて、きびすを返し、トメはうつむき加減に鳥居のほうへ戻り始めた。

と、その時だ。

足元に、札が落ちているのに気がついた。

かがんで拾い上げると、なんと富くじではないか。

誰かが落としたものだろうか。

松千三百二十番、と、書かれていた。

——もしや、これが当たるんじゃ……

心の臓がとくとくと波打ち始めた。

札を持った手がわなわなと震える。

トメは四方に素早く目を走らせた。

あたしのくじだよ、と、文句を言う者はいそうにない。

トメは札を手にして、拝むようにすると、大事に畳んで懐にしまおうとした。

そこへ、人の群れの向こうから呼びかける声があった。

「ああ、トメさん、トメさんじゃないか」

人波をかきわけ、鳥居のほうからふうふう言って走ってきたのは、二軒隣の、隠居の爺《じい》さんだ。

「米蔵《よねぞう》さん、どうしたんだい、そんなに急いで」

「今しがた、買ったばかりの富くじを、落としちまってね」

米蔵は赤くなった顔を袖でぬぐった。

「トメさんや、今、富くじを拾ったろう。ちょいと見せておくれな」

手を差し出されて、トメは懐に片手を入れたまま、身を引いた。

「本当にあんたが買ったのかい？」

「本当だとも。碁打ち仲間で、いっちょ運だめしといこうと、金を出し合ったんだ。疑うなら竹三《たけぞう》さんに聞いとくれ」

米蔵は真剣だったが、トメは、せっかく拾った札を渡してしまうのが惜しくて、まだ態度を決めかねていた。

「頼むよ、トメさん。なくしたなんてことになったら、みんなに袋叩きにされちまう。札番だって覚えてる。松の千……そう、千三百二十番じゃないかい？」

番号まで覚えているのでは仕方ない。

トメはしぶしぶ、富くじを持った手を、懐から抜き出した。

米蔵はさっと富くじをひったくると、目の前で折り目を広げて、ぱっと顔を輝かせた。

「松の千三百二十番。おお、まさしくこれだ」

「あたしが拾ったんだよ」

トメは未練がましく言ってやった。

「ああ、助かった、恩に着るよ」

「当たったら、その恩を思い出してくれると嬉しいんだけどねえ」

米蔵はトメの不服げな様子に気づいたのか、言い足した。

「もし当たったら、きっと礼はするよ。そうさな、当たった金の六分の一をトメさんにやろう」

「なんだ、それっぽっちかい」

「それっぽっちって、それ以上分けてやったら、ほかの仲間に叱られてしまうよ。こいつは、五人で小遣いを出し合って買ったんだ。タダで六人目になれると思えば十分だろう」

もし三百両が当たれば、五十両がもらえることになる、と、トメは頭の中で算盤《そろばん》をはじいた。

三百両に比べればずいぶん目減りしてしまうが、それだってトメからすれば、拝んだことのない大金だ。

「分かった、それでいいよ」

「楽しみにしておいで。ま、そう簡単に当たるもんでもなかろうがね」

「当たったら、必ず声をかけとくれよ。知らんぷりなんてしたら、枕元に化けて出てやるからね」

呆れた様子の米蔵に、トメは念入りに釘を刺して、一緒に境内を後にした。

それからトメは、毎晩、あきあき玉を神棚に乗せて、手を合わせた。

店に出る時には、紐に通して帯に留め、ことあるごとに撫ぜていた。

金ぴかの小判の山を思い浮かべるのは、なんと楽しいことだろう。

団子屋へ行き来する足取りはすっかり軽くなり、足の痛みもさして気にならなくなった。硬くなった冷や飯も、炊き立てのご飯のようにおいしく感じる。

とうとう富突《とみつき》の行われる日になった。

団子屋の手伝いで神社に足を運べなかったトメは、店でそわそわしながら一日を過ごした。

団子を串に突き刺していると、どれもが、富突の木札に見えてきた。

今頃神社の境内には、大勢の人が詰めかけているはずだった。

宮司は、木箱の穴から錐《きり》を差し入れ、えいやっと突いて、番号の書かれた木札を取り出すのだ。

初めに読み上げられるのが、あの番号、松の千三百二十番であったなら、五十枚のぴかぴかの小判が、トメのところへ転がり込んでくる。

店先に腰かけて、並べた団子を前にトメがため息をついた時だ。

「おうい、トメさんやーい」

通りの向こうから、米蔵がトメの名を呼ばわりながら走ってきた。

トメは勢いよく立ち上がり、せかせかと通りへ飛び出した。

「米蔵さん、富くじが当たったのかい？」

「おう、当たったとも、トメさんが、富くじを拾ってくれたおかげだよ」

トメは、米蔵の腕をつかんで、揺さぶった。

「ね、約束通り、あたしにも分け前をくれるんだろうね？」

「もちろんだとも。金を受け取ったら、六人で山分けだ」

トメは、嬉しさのあまりぼうっとして、うっとりと言った。

「ああ、夢のようだよ。五十両も手に入ったら、何をしよう……」

「おいおい、トメさん、何を言っているんだい」

米蔵が驚いた顔で笑い出した。

「だって、富くじが当たったんだろう？」

「当たったには当たったが、ははは、まさか、一の富じゃないよ。そんなものが当たった日にゃ、わしだってひっくり返っちまうよ」

「じゃ、いくら当たったんだい？」

トメが食い下がると、米蔵は一本、指を立ててみせた。

「金一分の花富さ。それだって、たいしたものだよ。買った額の四倍になったんだ」

「あたしはいくらもらえるんだい？」

「六人で分けりゃ、そうさな、あんたにも二百文か三百文は渡せるだろうよ」

米蔵は上機嫌に言って、トメの肩を叩いた。

「金が手に入り次第、あんたにも渡してやるよ。うまいものを食うなり、欲しいものでも買うなり、好きにしたらいい」

二日後、米蔵は、わざわざ団子屋まで出向いてきて、五十文束ねた銭差しを五本、渡してきてくれた。

米蔵の言うとおり、それだってたいしたものだ。

しかし、家へと帰る道のりは、小判の山を思い描いていた時とはまるで違って、長い上り坂でも歩いているようだった。

「ふん、そううまくはいかないもんさね」

トメはぶつぶつと独りごちた。

「玉の御利益《ごりやく》なんて、所詮《しよせん》、こんなもんだろうよ」

「そりゃ、ご挨拶だね」

不機嫌な声がし、トメは驚いて、声のしたほうを見た。

いつの間にかトメは橋の中ほどに立っていた。

欄干を背にして、いつかの占い師がちんまりと背を丸めて座っている。

足元では、あの白いでぶ猫が、けだるげに足で首の後ろをかいていた。

「あんた、金が手に入ったんだろう。約束通り、日に八文、十日分あわせて八十文払っておくれ」

しわだらけの手を差し出され、トメは思わず身を引いた。

「八十文だって？　たしかに金は手に入ったけど、たったの二百五十文さ。あきあきするような大金にはほど遠いよ。なのに、八十文もよこせだなんて……」

「あんた、欲張りの上に気が短いねえ。その金をどうする気だい？」

「どうするって……」

どうするか、まだ考えていなかった。

ひとまず、米櫃にでも隠しておこうか。

考え込んだトメを見つめて、占い師は意地の悪い笑みを浮かべた。

「まさか、後生大事に貯めておいたりするんじゃないだろうね」

「いけないのかい？」

「思いがけず手に入った金は、ぱぁっと使っちまったが花さ。使い切らないと、次の運もめぐってこないよ」

「そんなもったいないことできないよ」

「悪いことは言わない、あたしに八十文払って、残りはさっさと使っておしまい。そうすれば、遠からぬうちに、あきあき玉が、また運を運んできてくれるはずだからね」

　本当だろうか。

　トメは、米蔵にもらった銭差しを取り出して、つくづくと眺めた。

　もっと大金が手に入るというのなら、手放しても惜しくはない。今度こそ、金ぴかの小判が拝めるというのなら。

　迷った末に、トメは老婆に八十文を支払った。

　老婆は白い歯をにっと見せて笑った。

「また金が入ったら、忘れずに持ってくるんだよ」

「分かったよ。あんたの話が本当ならね」

　橋を下りる時、トメはふと、ここはいったいどこなのだろうといぶかしく思った。

　振り返ると、でぶっちょ猫が、大口を開けて欠伸《あくび》をしていた。

　残りの百七十文を何に使うか思案した末、トメは鰻飯を食べに行くことにした。

　十六文の鰻の串焼きだって、トメはもったいなくて食べたことがない。

しかし、どうせ贅沢をするというのなら、頬がとろけると評判の鰻飯を、一度は食べてみたいと思っていたのである。

店の近くまでやってくると、香ばしいたれの匂いが漂ってきて、トメは思わず鼻をひくつかせた。

「ああ、いい匂いだねえ。食べる前からよだれが出そうだよ」

うっとりして独り言を言うと、すぐ近くから、呻《うめ》くような声が聞こえてきた。

「本当だあ。腹が減って仕方ねえだ」

驚いて見回すと、足元の樽《たる》の陰に、図体のでかい若者が、身体を丸めてうずくまっているではないか。

丈の短い、田舎者じみた着物は、泥と皺《しわ》でよれよれになっている。

「ばあさま、少しばかり銭こ貸してくれ。おらもう、一歩も歩けねえだ」

若者がすがるような眼を向けてくるのに、トメは警戒して身を引いた。

「冗談じゃないよ。人に貸す金なんぞ、あるもんかね」

「銭こでなくてもええ。ばあさま、これから飯を食うんだべ。一口だけでもめぐんでくれねえか」

「何言ってんだい。いい若者がだらしのない」

トメは言い返すと、若者をやりすごして、さっさと店の暖簾をくぐった。

席に通されてしばらく待っても、飯はなかなか出てこなかった。

食欲をそそる匂いばかりかがされて、もう待ちきれないと思い始めたころ、ようやっと膳に乗ったどんぶりが運ばれてきた。

あつあつのご飯の上に、てりのいい太った鰻が乗っている。

沢庵《たくあん》に澄まし汁、茶を入れた急須《きゅうす》までついてきた。

トメは膳に向かって手を合わせると、杉の引き裂き箸をぱちんと割って、澄まし汁に手を伸ばした。

鰻とご飯をほおばって、夢中でどんぶりを半分ほど空けたころ、ようやく人心地がついてきた。

腹が落ち着くと、さっき声をかけてきたあの若者の顔がちらついた。

ぐうたらの若者に、銭の無心《むしん》などされてはたまらないと思ったが、思い返せば、いかにも人が好さそうで、人を騙すような輩《やから》でもなさそうだった。

鰻飯は、トメが食べきれないほどたっぷりあった。

しまいにトメは、ご飯を握り飯一つ分と、鰻をほんのひときれだけ残し、店の者を呼んだ。

「あたしにゃ量が多すぎてね。これで握り飯を作ってくれないかね」

「えっ、握り飯ですかい？」

「百五十文も払うんだもの、残していくのはもったいないよ。これだけあれば、二、三十文にはなるだろう。それともあんた、百二十文に負けてくれるかい？」

店の者は迷惑顔だったが、飯を竹の皮に包んでくれた。

金を払って店を出ると、若者はまだ樽の陰にいた。うつむいたまま、顔を上げる元気すらないようなので、トメは寄っていって、声をかけた。

「ほらよ、残り物でよきゃ、食いな」

竹皮に包んだ飯を差し出してやると、若者は驚いたように顔を上げた。

「おらにくれるのかい」

「婆さんの残り物でよきゃね」

若者はこくこくとうなずいて、竹皮の包みを手に取った。たれのかかった飯を、最後の一粒まで食べ終えて、まだ惜しそうに竹の皮をなめると、若者は腹をさすってため息をついた。

「ああ、うまかった。こったらうめえ飯は食べたことがねえだ。江戸の飯は、こんなにうまいもんだべか?」

「この店のは上等だよ。さっきの分で、二、三十文にはなるよ」

「ありがてえ。ばあさまは、仏様の遣いだべ」

若者はトメを伏し拝んだ。

「やめとくれ、あたしはそんな御大層《ごたいそう》なもんじゃないよ」

「だども、ばあさまがいなかったら、おら、行き倒れてたかもしれねえだ。悪い奴らに絡まれて、有り金、全部取られてしまっただよ。せめて名前を聞かせておくれ」

「名乗るようなもんじゃないよ」

「教えたって減るもんじゃないべ。どこさ住んでるんだね」

「トメだよ。この少し先の、坂の下に住んでるよ」

「おら、寅吉《とらきち》ってんだ。いつかきっと、お礼すんべ」

「期待しないで待ってるよ」

トメはぶっきらぼうに答えたが、なんとなく、面映《おもは》ゆい気持ちでその場を後にした。

翌朝、トメは久しぶりに風呂に入ることにした。

湯につかるだけで六文も払うのがもったいなくて、ここしばらく湯屋に足を運んでいなかった。まして、朝風呂に入るなど、めったにない贅沢だ。

昼飯前の湯屋はまだ空《す》いていて、湯も綺麗だった。

湯船につかると、日頃の疲れが湯気と一緒にふわふわとどこかへ飛んでいくようだ。

「ふぅ、生き返った気がするよ」

トメはうっとりと目を閉じた。

富くじの分け前は、まだ十四文残っている。

帰りに菓子でも買っていこうか、たまには奮発して魚でも買おうか。

あれこれと夢想しながら、風呂を出て、着物を身に着けたトメは、おや、と思った。

板場のそちこちが、キラキラと光っているのに気がついたのである。

よく見れば、大黒様の印を押した小粒銀《こつぶぎん》が、散らばっているではないか。

トメはすばやく周囲を見渡した。

ほかに客もいないし、番台《ばんだい》の若者はうつらうつら、舟を漕いでいる。

トメは急いでかがみ込み、小粒銀を拾い上げた。

大小の小粒銀はあわせて、七つもあった。一両とは言わずとも、かなりのものになりそうだ。

「ありがたやありがたや。あきあき玉の御利益か、大黒様のおめぐみか」

押しいただいて銭入れに入れ、トメは懐をぽんぽんと叩いた。

「ふふふ、まだまだ、あきあきするにはほど遠いけどね」

ほくほくしながら外へ出ると、通りの向こうから、パタパタと草履《ぞうり》の音を響かせて走ってきた女がある。

女は勢いよく湯屋に飛び込んでいったが、ほどなく、肩を落として中から出てきた。

「ああ、あたしときたら。困った困った、どうしよう」

女はしきりにため息をついている。

トメはしばらく迷っていたが、とうとう女に声をかけた。

「あんた、どうしたんだい」

女は驚いたようにトメを見返したが、やがて口を開いた。

「銭入れに穴が開いていたようで、小粒をどこかに落としてしまったんですよ」

またか、と、トメは少々がっかりしたが、弱り切った様子の女を前に知らぬふりを決め込むこともできず、不承不承、銭入れを取り出した。

「もしかして、これかい？　板場に落ちていたんだけどね」

トメが銭入れから小粒銀を出してみせると、女は目を見張った。

「ああ、これです、これです。やっぱり、湯屋で落としたんですねえ」

女はお礼に、大きな小粒銀をひとつ渡してくれた。

トメは家に帰って、神棚に乗せたあきあき玉に手を合わせた。

「やれ、拾ったり返したり、忙しいけど、どうにか小粒銀を手に入れましたよ。どうか次こそ金ぴかのをお願いしますよ。あきあきするくらいたくさんね」

ろうそくに照らし出されたあきあき玉は、相変わらず金ぴかに輝いていた。


小粒銀は銭にして、五百文あまりになった。

トメは占い師の婆さんに渡すため、八十文だけ別にとっておいて、残りは味噌や魚、炭などに使ってしまった。

半端な金が余ったので、トメはいつだったか富くじを拾った神社まで足を運んで、賽銭箱《さいせんばこ》に入れた。

「どうか、また運が巡ってきますように」

お参りを終えて、さあ帰ろうときびすを返したトメは、急ぎ足でやってきた商人風の男と鉢合わせしそうになった。

「おっと、危ないじゃないか」

「いやすみません。つい気がせいておりまして」

男が、息を切らしながら謝った。

「神社に詣《もう》でて怪我するんじゃ、洒落《しゃれ》にもならないよ」

トメがぶっきらぼうに言って、立ち去ろうとすると、男が後ろから呼び止めた。

「あ、ちょっとお待ちください。これを」

男は、トメの前に回って、懐からふくさを取り出した。

手渡されたそれを開いてみると、なんと金ぴかの小判が入っているではないか。

「どういうことだい？」

トメはさすがに驚いて聞き返した。

「実は、家の者が昨年から病で寝込んでおるのです」

男が心配して医者を呼んだりお守りを買ってやったりしたが、どうにもよくならない。

万策尽きて、高名な占い師に相談したところ、ここに毎日お参りにくるよう言われたらしい。

占い師によれば、この境内で、百人目に会った者に、包金《つつみがね》を渡せば、病が治るとのことだった。

「で、あたしがその百人目ってことかい？」

「さようでございます」

「そんなことで病が治るのかねえ。ほんとにあたしがもらってしまっていいのかい？」

「どうぞお収めくださいませ」

「まあ、くれるものなら、ありがたくもらっておくよ」

トメは何か狐につままれたような心地だったが、ふくさを懐に入れて大事に持ち帰った。

トメはその晩、夜が更けるまで、飽かず小判を眺めていた。

「ああ、ようやく金ぴかのがやってきたよ。まったく、手放すのが惜しいくらい綺麗だねえ」

手放してしまうのは惜しかったが、翌日は両替屋に行って、銭に替えてもらうつもりだった。

占い師への支払いに、百文や二百文よけておいても、残りはたっぷりある。

さてそれを何に使おうかと考えると、胸が高鳴って、なかなか寝つけなかった。

あきあき玉の効き目は、もはや疑いようがなかった。

一事が万事この調子で、トメが金を手放すと、必ずそれを上回る金がどこからか転がり込んでくるのだ。

茶屋に行くと誰だかの恋文が落ちていた。持ち主を探して渡してやると、口留め料として三両渡された。

芝居を見に行った時には、近くにいた侍がなんと刀を置き忘れていった。追いかけていって渡してやると、大変に感謝され、おそらく口留め料もあったろう、五両も渡された。

トメの家にある欠けた茶碗や、破れ障子や破れ蚊帳《かや》、塗りのはげた椀などは、みな新しいものに替わった。

草履も新しいのに買い替えたし、ぼろぼろの古着も買い直し、髪結いに髪も結ってもらった。

「トメさん、どうしたんだい。このところ、ずいぶんいいものを着ているじゃないか」

団子屋のおりゅうは怪しんで、トメに事情を尋ねてきた。

「縁者はいないと聞いていたけど、遠縁の親戚でも見つかったのかい。それともまさか、誰かから金を借りてるんじゃないだろうね」

トメは次第に面倒になって、足が痛いの、腰が痛いの言って、団子屋の仕事をさぼりがちになった。

仕事もなく、家に一人いても、退屈で仕方ない。

トメはあちこちへ遊びに出かけるようになった。

「今度は何に使ったもんかねえ」

枕箱《まくらばこ》に貯まった小判を入れて、金の使い道を考える毎日だ。

男ならば、酒や女、博奕など、金を浪費する方法はいくらでもある。

しかし、今までけちけち暮らしてきたトメには、これが存外難しい。

ぜいたくな弁当を用意して花見に行ったところで、一人で食べられる量など、たかがしれている。

帰りに吉原で遊んで帰るわけもなし、若い女のように、着物やらかんざしやらに金をかける年でもない。

反物を買って、仕立てたばかりの着物に袖を通した時には、うきうきしたものだが、翌朝、我に返ってしわだらけの顔を鏡で見れば、それがどうしたという気になってくる。

料亭のがらんとした座敷で、一人きりで豪勢な膳を前にしても、気が滅入《めい》るばかりだ。

トメの遊び方は、次第に鷹揚《おうよう》になっていった。

屋根船を借り切って花火を眺め、船頭に気前よく祝儀をやると、みんな大喜びでお愛想を言う。

帰りには駕籠に乗り、酒手《さかて》をはずんでやると、ぶっきらぼうな駕籠かきも、ほくほく顔だ。

どうせ使ってしまわねばならぬ金だ。使い切ればまた、いくらでも金が入ってくるのである。

仕立てた着物もしばらく着たら人にやってしまい、呉服屋に行ってまた新しいのを仕立てさせた。

上等な着物を買えば、店では下へも置かないもてなしようで、昼飯まで用意してくれる。

上客だと思えば、一人暮らしの婆さんの愚痴も、手代たちが喜んで聞いてくれた。

そうこうするうち、金がなくなれば、またどこからともなく、大金が転がり込んでくる。

金を手に入れては使い切り、また金を手に入れるという暮らしは、どこかふわふわと地に足がついていない気もしたが、生まれて初めての贅沢三昧《ぜいたくざんまい》に、トメはすっかり浮かれていた。

トメが、くだんの占い師に行き合ったのは、そうしたある日のことだった。

芝居を見た帰り、家を駕籠かきに知られないよう、少し離れた場所で降りて、さて橋を渡ろうとしたところで、あの薄汚れた行燈を見つけたのである。

占い師の傍らには、相変わらずあの太った白猫が丸まって目を閉じている。トメが近くに寄ると、片方だけ開けて、金色の眼でトメを見上げた。

「ずいぶん金回りがよくなったようじゃないか」

占い師に声をかけられて、トメは答えた。

「おかげさまで、玉の御利益は確かなようだよ」

支払いをせかされる前に、銭入れを取り出し、持っていた丁銀《ちょうぎん》と大小の小粒銀を合わせて一両分ばかり手渡してやると、占い師はしわだらけのてのひらから、小粒銀を取り上げてしげしげと眺めた。

「こりゃ大盤振る舞いだね。あたしへの小遣いってわけかい?」

「それと、前払いの分だよ。言っとくけど、あたしはまだあきあきしちゃいないからね」

トメは言い返した。

「あんた、いつまで玉を借りる気なんだい？」

占い師に尋ねられて、トメはぎくりとした。

「この玉、いずれ返さなきゃならないのかい？」

「借りたものは返すが道理さ。それともあんた、死ぬまでずうっと借りてる気かい？」

「そりゃ、できることならね」

あきあき玉を失った時のことを思うと、トメはぞっとした。

冷や飯と団子を食べ、日に焼けた着物を着、垢《あか》じみた身体を引きずってあくせく働きに出るなど、今更耐えられそうにない。

「ずっとけちけちして暮らしてきたけど、やっと金を使う楽しみを覚えたところさ。金なんていくらあったって困るもんじゃないよ」

トメは熱心に言った。

「なに、あたしももう年だ。今から何十年も生きるわけじゃなし、遺言にでも、あんたのところに玉を返すよう書いておくよ。その時にあんたが生きていればだけどね。ね、死ぬまで玉を借りておくには、あと何両持ってくればいいんだい？」

「さてね」

占い師は手元の丁銀と小粒に目を落とし、しばらく思案しているようだった。

「ま、当面はこれで十分さ」

やはりいずれは玉を返せということだろうか。

あるいは……

トメはあることに思い当たって、薄ら寒くなった。

もう寿命は長くないということか。

立ち尽くしているトメに、占い師は橋のたもとに向けて顎をしゃくった。

「そら、もう陽が沈んでしまうよ。早くお帰り」

トメは何か言おうとしたが、うまい言葉も思いつかず、もごもごと別れの言葉を告げて、そのまま橋を渡っていった。


トメの姿が見えなくなったころ、白猫が両目を開けて、ふるふると身体を震わせた。

金色の眼がぴかぴかと光り、ごろごろとうなるような声が喉から漏れてきた。

「やれやれ、欲張り婆さんめ。あの調子じゃ、本当に死ぬまで玉にしがみついていそうだぜ」

占い師は、ずだ袋を覗き込んで、銭を数えている。

「まあ、業突《ごうつ》く張《ば》りのあんたにとっちゃ、確かな日銭が入って万々歳ってとこか。これであの婆さんが、一歩極楽に近づくか、地獄に近づくか、見ものだな」

占い師は、ちらりと顔を上げて、白猫のほうを振り返った。

「さてね、金を生かすも殺すも人次第。あたしの知ったことじゃないよ」

「他人事《ひとごと》みたいによくいうぜ。あの婆さんが地獄行きなら、あんたも地獄に近づくだろうに」

「ひとつやふたつ業を重ねたところで、今更たいした違いはないよ。さて、この金で何を買うかねえ」

白猫が目を細めて、ぺろりと舌なめずりした。

「俺も、頬っぺたの落ちる鰻飯ってやつを一度ぐらい食ってみたいもんだな」

「ふん、それこそ猫に小判さ。あんたにゃ一本十六文の串焼きで十分だよ」

占い師はずだ袋を懐に戻すと、行燈に顔を寄せて、ふぅっと火を吹き消した。


玉にせよ命にせよ、いずれはなくなるものならば、せいぜい景気よく使ってやろうとトメは思った。

トメ婆さんの派手な遊びようは、次第に町の中で噂になっていった。

坂の下の家には、出入りの商人がかわるがわる足を運ぶようになり、家の中には、高価な反物やら、どこぞの高名な坊さんの書いた書画やらが並んだ。

近所の連中も、トメの贅沢を嗅ぎつけて、用もないのに訪ねてきた。

米蔵などは、別な富くじでも当たったのか、お宝でも掘り出したのか、悪いことに手を染めてなぞいないかと、しきりに探りを入れてきたが、トメがはぐらかしていると、

「トメさんや、一緒に富くじを買わないかい」

なぞと誘ってくるようになった。挙句、

「この間、古道具屋で、そりゃあ見事な、榧《かや》の碁盤を見つけたんだ。あんな碁盤で打てたら、さぞ勝負も楽しかろうよ。わしの小遣いじゃとても買えないがねえ……」

などと、物欲しげなことを言い出す始末だ。

トメはうっとうしくなって、出かけたり、居留守を使ったりで、なるべく見知った人と、顔を合わさないようになった。

とはいえ、雨の日には地面もぬかるんで、外へ出るのが億劫《おっくう》になるものだ。

何日もしとしとと雨が降り続き、坂の下の薄暗い家で、トメが身をもてあましていたある日のこと。

トメの家に、前に鰻飯をくれてやった寅吉が訪ねてきた。

「ようやく小遣いが貯まったで、鰻飯のお礼に来ただ」

寅吉は五十文を紐で連ねた銭差しをトメに差し出して、ぺこりと頭を下げた。

髪の結い方も着る物も、初めて会った時に比べればずいぶんマシになっていたが、まだ田舎者臭さが抜けきっていない。

「よかった、落ち着くところが見つかったんだね。どこで働いてるんだい」

「大工の親方んとこで修業させてもらってるだ。まだまだ半人前だども、もう二、三年も辛抱すれば、お給金がもらえるようになるって聞いてるだ」

「せっかくだ、少し上がっておいきよ」

客間に通して、菓子と茶を出してやると、寅吉はすっかり恐縮して、身をちぢこめた。

「こったらしてもらって、かえって申し訳ないべ」

「いいんだよ。こっちは一人暮らしで退屈だからね。またいつでも遊びにおいで」

トメは久しぶりの来客に嬉しくなって言ったが、その時、玄関の戸を叩く音がした。

はて、雨の日に、二人も客が来るとは珍しい、と、迎えに出てみれば、団子屋のおりゅうであった。

「トメさん、ご無沙汰だね。この雨なら家にいるかと思ったけど、あいにくと来客中だったかね」

おりゅうは、土間の草履を見下ろした。

「ずいぶんたくさん履物があるけど、幾人くらい来てるんだい？　こっちの桐下駄《きりげた》なんて、まあずいぶん上物じゃないか」

「おりゅうさん、今日はなんの用なんだい？」

トメはおりゅうにあれこれ詮索される前に、そっけなく尋ねた。

「実は、ちょいと店のことで相談があって来たんだよ」

「店を手伝ってくれって言うのかい。あたしはもう……」

「いいや、店の手なら足りてるよ。トメさんが来なくなってから、ちょいと見栄えのいい娘を雇ってね。そのせいかどうか、団子も売れるようになって、ありがたい話さ」

「へえ、よかったじゃないか。それなら、しわだらけの婆さんなんて、用済みだろう」

トメは皮肉っぽく言ったが、おりゅうは首を振った。

「いや、そこで、トメさんに、相談があるんだよ」

おりゅうは急に声をひそめた。

「トメさん、最近羽振りがいいだろう。三両ばかり、金を貸しておくれでないかい。ちょうど今、隣の店がいなくなるってんで、この際、店を広げて、茶店でもやろうかって、うちの人と話していたんだよ」

「貸したっていいけど、返す当てはあるのかい？　三両ばかし蓄えられないようじゃ、返せそうにもないけどね」

「なんだかんだで、五両ばかりなら蓄えはあるんだ。けど、みんな使ってしまっちゃ、日々の仕入れにも響くからね。長いつきあいじゃないか。ねえ、頼むよ」

すげないトメに、おりゅうは媚《こ》びるような目を向けた。

あたしには、日に四文きりくれなかったくせにねえ、と、トメは少し不愉快になったが、言い合うのも面倒で、おりゅうに三両渡して、追い返してしまった。

「やれやれ、まったく面倒な話だよ」

ぼやきながら客間に戻ると、障子越しに話を聞いていたのだろう、寅吉はすっかり驚いた様子だった。

「いんやぁ、トメばあさまときたら、たいした金持ちだんべなあ」

「金持ちなんかじゃないよ」

「だども、三両もぽんと貸せるなんて、たいしたもんだべ」

しきりに感心していた寅吉は、やがて思いついたように言った。

「なあ、ばあさま、頼みがあるだ。一両ばかり用立ててもらえねえか」

「何を言ってるんだい。あんたに一両も返せるもんかね」

「いや、おらじゃねえんだ。おらが世話になってる大工の親方が、借金抱えて、困ってるんだ。親方なら腕がいいから、四日か五日も働けば、一両稼いじまうだよ」

「なら、自分で稼いで返せばいいだろうに」

「けど、早く返さねえと、どんどん利息が膨らんでくんだと。借金だって、初めは二千文だったのが、だんだん増えてとうとう一両になったって言ってただ。このところ雨続きで、仕事が遅れててなあ」

トメは気が進まなかったが、頼み込まれて、寅吉に二両渡してやることにした。

「トメばあさま、二両も借りてええんだか?」

「一両じゃ、またよそから金を借りちまうだろう。二両貸してやる代わり、もうこれ以上金を借りたりするんじゃないって言っておやり」

トメの鷹揚なふるまいに、寅吉は、すっかり感激したようだった。

何度もお礼を言って去っていった。

その翌日のことだ。

トメのところへ、恰幅《かっぷく》のいい商人がやってきた。

はて今度は何を売りつけに来たのかと思ったが、売り物らしきものは持っていない。

上物の練り羊羹《ようかん》を携えてきたので、とりあえず客間へ通し、茶を出してやると、商人はこう切り出した。

「あたしは福屋《ふくや》の福之助《ふくのすけ》と申しまして、金貸しをしております」

「言っとくけど、金なら借りないよ」

「存じております。いえね、この辺りに、たいそう金回りのいいばば様がいるとお噂を聞きまして。ぶしつけですが、あなたも金貸しをされているのですかな」

「あたしは金貸しじゃないよ。運がいいだけさ。あたしは金が好きだから、向こうもあたしを好いてるのかもしれないね。足りなくなると、向こうからあたしのところに転がり込んでくるんだよ」

「はは、それはそれは。金が向こうからやってくるなんて、なんとも羨ましい話ですな」

福之助は扇子で膝を打って、にたっといやらしい笑みを浮かべた。

「私も金は大好きです。貸した金が、利子でたっぷり膨らんで戻ってくるのは、こたえられませんな」

トメは、なんとなく不愉快になって、仏頂面で尋ねた。

「わざわざ菓子折りを持って、訪ねてきた用はそれかい？　言ったとおり、あたしは運がいいだけなんだ。あんたの同業じゃないし、教えてやれることは何もないよ」

「これは失礼しました。あなたが金貸しでないことはよくわかりましたとも。いや、素人が下手に金貸しなんぞに手を出すと、後がよくありません。逆恨みされて、襲われたなんて話も聞きますからな」

福之助は、やたらとうなずいてみせてから言った。

「時に、あなたは一人でここにお住まいなんですか。下男や下女もなしで」

「手狭な家だからね。一人のほうが気が楽なのさ」

トメは答えた。

見知らぬ他人を家に置いて、留守の番をさせるなど、かえって気が気ではない。金はともかく、あきあき玉を取られてはおしまいだ。

「そりゃあ不用心だ。まとまったお金は、きちんとした蔵に入れておくが吉《きち》ですよ」

「見てのとおり、蔵なんて立派なものはないんだよ」

「でしたら、うちの蔵に預けるというのはどうですか」

「預け賃がかかるんだろう。取りに行くのも面倒だしね」

「金貸しというのは、たっぷり元手が必要でしてね。預かり賃をいただくどころか、こちらで増やして差し上げますとも。お使いになる時には、必要な分だけお持ちします。いかがです？」

思いもしない申し出に、トメはしばし思案した。

あきあき玉のお陰で、今まで金を手放すたびに、それを上回る金が手元に戻ってきた。

福之助の話は、あきあき玉の効き目と似ている。

よし福屋がうさんくさい金貸しで、預けた金がなくなってしまったとしても、あきあき玉さえあれば、また金が手に入るはずだ。

いろいろ話を聞いた末、トメは寝間へ行き、枕箱から十両取り出してきて、福之助に手渡した。

「これだけですか。もっとお持ちでしょう」

「とりあえずそれだけでいいよ。あとは、気が向いたら、あんたのとこへ持っていくよ」

トメは福屋の場所を聞き、預かりの書付を受け取った。

それから幾日か過ぎ、長い雨が止《や》んで、久しぶりに太陽が顔を覗かせた。

地面が乾いたら、どこかへ遊びに出かけようかねえ、と、トメが思案していると、戸を叩く音がした。

玄関へ出てみれば、寅吉が、大柄な身体をちぢこめて立っていた。

「よく来たね。上がっておいき」

「や、おら、親方の金を返しに立ち寄っただけだで」

「この間、おいしい練り羊羹をもらったんだよ。一人じゃ食べきれないから、上がっておいきよ」

「そんなら少しだけ、ごちそうになんべ」

寅吉は素直に喜び、練り羊羹をおいしいおいしいと言って食べたが、食べおえてもまだ、もじもじしていた。

やがて、寅吉は、思い切ったように顔を上げ、懐からふくさを取り出した。

「トメばあさま、これ、親方から預かってきた二両だども……」

トメが手を伸ばして取ろうとすると、寅吉はさっと手をひいて、おそるおそる尋ねた。

「待ってくれ。ばあさま、この金の半分を、おらに貸してくれねえだか」

「あんた、まだ見習いだって言ってたじゃないか。当分返す当てもないだろう」

「だどもおら、いい話聞いたんだ。親方は、借りてた一両を返した後、残った一両で博奕をして、二両に増やしたって言ってただ。おらも、この一両使って、もう一両稼ぎてえ」

「なんだい、せっかく貸してやった金を、博奕なんかにつぎ込んだのかい」

トメは呆れて首を振った。

「そうそういつも稼げるもんじゃないよ。大体あんた、そうやって一両手に入れたら、その金を何に使う気だい？」

「親方んとこに子供が生まれたで、おら別に住むところを探すように言われてんだ。一両もあれば、近くの長屋に引っ越しして道具買っても、お釣りがくんべ。酒でも飲むか、うまいもんでも食うか」

寅吉は、とろんとした目つきになって言った。

「うんにゃ、その前に、またその一両を二両に増やしたら……」

「バカをお言いでないよ」

トメはぴしゃりと言った。

「博奕にはまる連中ってのは、そうやってせっかく手に入れた金を、またすっかりすっちまうんだよ。すかんぴんになった後も、借金までしてまた博奕を打ちたがる。そもそもあんたの親方は、そうやって一両の借金を作っちまったんじゃないのかい?」

「うーん、そうかもしれねえだ」

「だいたい、あんたのような若いもんが、楽して金を稼ごうなんて十年早いよ。そんなことより、早く手に職をつけて独り立ちおし」

トメの言葉に、寅吉は下を向いてしゅんとしてしまった。

トメは寅吉の手にしていたふくさを取り、一両分を取りのけて、寅吉のほうへ押し出した。

「この一両はあんたにやるよ」

「えっ?……」

寅吉は驚いて口をぱくぱくさせた。

「だども……」

「その代わり金輪際《こんりんざい》、博奕になんて手を出すんじゃないよ」

「……分かっただ」

寅吉は恥じ入ったように頭をかいた。

「ばあさま、本当におらのばあさまみてえだなあ。おら、一人前の大工になれたら、きっとこの一両返しにくるべ」

「そうしておくれ。楽しみに待ってるよ」

寅吉が帰っていくのを、トメはどこかほっとした気持ちで見送った。


寅吉が帰り、一人きりになった客間の中で、トメはしばらく思案していた。

せんだって家にやってきた福之助とかいうあの金貸しが、どんな連中に貸しているのだろうと気になり始めたのである。

侍相手の札差《ふださし》から、商売人相手の金貸し、棒手振《ぼてふ》りに日銭を貸す烏金《からすがね》の連中まで、金貸しといっても貸し先も金利もさまざまだ。

しかし、いかにも守銭奴といった福之助の様子を思い返すと、寅吉のような世間知らずを食い物にして、ひそかに高利をむさぼっていそうな気がしてきた。

金がなくなっても惜しくはないが、自分の預けた金が、そんな風に使われるのは、あまり気持ちのいいものではない。

「やっぱり、預けるのはやめておこうかね」

トメは腰を上げ、身支度して福屋に足を運んだ。

ほくほく顔でトメを出迎えた福之助は、金を預けに来たのではなく引き出しに来たと知ると、案の定苦い顔をした。

「実はもう、あの金はほかへ貸してしまいまして……」

「だけど、好きな時に引き出せるって言ったじゃないか」

「あと二十日も待っていただければ、利子をつけてお返ししますよ」

「あたしゃ今欲しいんだよ」

福之助は、なんのかんのと金を返そうとしなかったが、トメがしつこく食い下がると、とうとう蔵に金を取りに行った。

トメはそれから、ずいぶん長いこと待たされた。

店構えを見れば、たった十両ばかりの金がないとも思えない。いったいどこまで取りに行ったものか。

トメがしびれを切らし始めたころ、ようやく福之助が戻ってきた。

十両を受け取って、さっさと帰ろうとするトメを、福之助が引き留めた。

「だいぶ遅くなってしまいましたね。今から飯を炊《た》くのも面倒でしょう。どうです、一緒にいかがですか」

「帰りにどこかへ寄るからいいよ」

「いやいや、お引き止めしたお詫びです。たいしたものはありませんが、飯ならたっぷり炊いていますから」

福之助は使用人に言いつけて、味噌汁と炊き立ての飯を乗せた膳を持ってこさせた。

トメは仕方なくご相伴《しょうばん》にあずかり、後から四の五の言われるのも嫌なので、礼に小粒銀を渡してやった。

「このぐらいの飯に、銭なんぞいりませんよ」

「そういわれても、あたしの気がすまないんだよ」

トメが小粒銀を押しつけると、福之助はようやく受け取り、丸い顔に、貼りつけたような笑みを浮かべて、頭を下げた。

「それじゃまた。気が変わったらいつでもどうぞ」

すでに、陽も落ちかかってきていた。

トメは挨拶もそこそこに、福屋を後にした。

家に着くころには、陽が西の空に沈もうとするところだった。

「やれやれ、すっかり遅くなっちまったよ」

玄関を上がったトメは、居間へと続く正面の引き戸を開けて目を剝いた。

足元にぽっかりと穴が開いている。

なんと、畳が上げられて、床下が剝き出しになっているではないか。

「あれまあ、こりゃいったい、どうしたんだい」

頓狂な声を上げた途端、玄関の左手の引き戸が開き、座敷のほうから、黒装束の男が飛び出してきた。

悲鳴を上げて背を向けたところで、がっしりした手に肩と袖をつかまれた。

必死に逃げようともがいたが、鳥がらのような婆さんと、屈強な男では、争いにもならない。

男に襟首を絞め上げられて、トメはむせかえった。

「やい、因業《いんごう》ばばぁめ、金をどこへ隠した」

男が尋ね、わずかに襟首を緩めた。

トメは、かすれた声で言い返した。

「か……金なら、長持ちの中にしまってあるよ」

「それきりか。ほかにもあるだろう」

「米櫃の中にも少し入れてある」

「長持ちと米櫃。そのほかは？　隠し立てすると容赦しねえぞ」

男が念を押した。

「あ、あたしの懐に十両ある。それで全部さ。もう勘弁しておくれ」

男の汚らしい手がトメの懐をまさぐる間、トメは恐ろしさにただただ身を震わせていた。

福之助の言うとおり、一人暮らしの家の中に金を置いておくなど、不用心な話だった。

金ならまたいくらでも手に入るが、命が奪われてはおしまいだ。

男が、福之助から取り返したばかりの十両を探り当て、トメの懐から取り出した。

トメが身をよじって男の手から逃れようとした時、家の奥から声がした。

「兄貴、見つけやしたぜ。寝間の床下から、小判の入った壺が出てきやした」

泥棒には仲間がいたらしい。

「このばばぁめ、まだ隠していやがったか」

男はトメを勢いよく突き飛ばした。

トメはよろめいて、尻もちをついた。

男が懐から、匕首《あいくち》を引き抜いた。

ぎらりと光る刃を見て、トメは、ひっと息を飲み込んだ。
逃げ出そうにも、膝ががくがくして力が入らない。
頭からさあっと血が引いて、くらくらしてきた。
占い師に会った時のことが、頭に浮かんだ。
一両渡してやった時、あの婆さん、なんて言ったっけ。
『当面はこれで十分さ』
ああ、あの婆さんは、すべてお見通しだったのだ。
あたしの命も、とうとうここでおしまいか。
固く目を閉じて、トメが覚悟を決めたその時だ。
がらりと玄関の戸が開いて、熊のように大きな人影が飛び込んできた。
人影は男に向かってまっしぐらに飛んでいった。
血しぶきが飛び散った。
トメは悲鳴を上げた。
奥の部屋から飛び出してきた黒ずくめの男が叫び声をあげた。
「兄貴!」
三人の男が揉み合うさまを、トメは息を詰めて見ていた。

しばらくすると、黒装束の男二人は、床に伸びて動かなくなった。

大柄な男がのそりと立ち上がって、トメのそばに跪《ひざまず》いた。

「トメばあさま、大丈夫だか？」

「ああ……寅吉、あんたかい。来てくれて助かったよ」

トメは震える手で、寅吉の着物をつかんだ。

と、ぬるりと濡《ぬ》れたものが手に触れた。

トメは思わず息を飲んだ。

「どうしたね、あんた、血が出てるじゃないか」

「かすり傷だで、心配ねえよ。ばあさまこそ、怪我はねえか」

「大丈夫だよ」

「そらよかっただ。ばあさま、縄か何かねえだべか。盗人《ぬすっと》どもが目を覚ます前に、縛ってておかねば」

寅吉がゆらりと立ち上がったかと思うや、そのままどうと玄関に倒れ伏した。

「寅吉や」

トメは悲鳴を上げた。

「ああ、助けを呼んでこなくっちゃ」

トメはよろめきながら立ち上がり、あたふたと米蔵の家へ駆けていった。

トメの家に入った泥棒達は、それからまもなく白洲《しらす》に引き出され、取り調べを受けた。

男達は、福屋から金を借りていたということだった。

トメの勘のとおり、福屋は裏で、怪しげな連中の金を預かったり、博奕好きに高利で金を貸したりしていた。

福之助は、寅吉の親方にも金を貸していたが、耳をそろえて返してきたので、どうやって金を工面したのか、問い詰めたらしい。そこでトメのことを知ったという。

福之助は、トメが金を引き上げた腹いせに、借金で首の回らなくなった連中に、トメの家に金があるとささやいたのだ。

泥棒に腹を刺された寅吉は、トメの家で療養していたが、トメがことの次第を話してやると、丸い目をぱちぱちさせて、申し訳なさそうに謝った。

「親方にトメばあさまのこと話さなけりゃ、こったらことにならなかったのか。おらのせいで、すまないことしたなあ」

「あんたが謝ることないじゃないか。あたしは怪我もなかったし、金を盗まれるどころか、あいつらのお陰で二十両も手に入ったんだよ」

床下から泥棒達が掘り当てた壺には、なんと、古びた銀貨が二十両あまりも収められていたのである。

あきあき玉が、金を運んでくれるのはいつものことだが、足元に大金が埋まっていたと知って、トメもすっかり驚いた。

「あれにはびっくりこいたべ。ばあさまには福の神様がついてるだ」

「御先祖様が残しておいてくれたのかねえ」

トメは壺を伏し拝んだが、それも命あっての物種だ。

寅吉はあの晩、親方からもらった小遣いでせんべいを買って、トメの家に立ち寄った。

もし寅吉が訪ねてこなかったら、今頃どうなっていたことか。

泥棒の一件で、トメはすっかり心細い気持ちになっていた。

あのまま一人で死んでいたら、どれほどみじめだったろう。

死んでしまえば、大金があったところでなんにもならない。残す家族もいないのだ。

供養のことだけは、おりゅうに頼んではあるが、金を借りたきり、おりゅうはめったに顔を出さない。

この分だと、墓参りしてくれる者だっていないだろう。

いや、そうだろうか。

トメは、布団の上で、でかい図体を窮屈そうに丸めている寅吉を見た。

もしかしたら、この若者は、墓参りをしてくれるのではないか。自分が死ねば、心底悲しんでくれるのではないか。そんな気がした。

「寅吉や、あたしが死んだら墓参りしてくれるかい？」

トメがぽつりと尋ねると、寅吉は驚いて目を白黒させた。

「なに言い出すだ、縁起でもねぇこと、言うでねえ。ばあさまは命の恩人だ。おらが一人前さなって、恩返しできるまで、長生きしてもらわねば困るで」

トメは思わず微笑んだ。

「あんた、親方の家を出なきゃならないと言っていたけど、もう住むところは決まったのかい」

「ばあさまにもらった一両で、ここから二町ほど先の長屋に移るつもりだども」

「なんだ、それならいっそ、ここに住んだらどうだい？」

寅吉がぽかんとしているのを見ながらトメは言った。

「あたし一人で住んでるのも不用心だからね。大工の卵なら、いざって時、力もあるから助かるよ」

「だ、だども……」

「飯ぐらいは作ってやるよ。こんな年寄りと住むのは嫌かい？」

「いんや。そりゃ、願ってもねえ話だ」

寅吉がうなずいたのに、トメはほっとした。

「だども、ばあさま、なしてこんなにおらによくしてくれるだか？」

寅吉が尋ねた。

「江戸さ来て、いろんな人に世話になっただども、トメばあさまほど優しくしてくれた人はいねえだ」

「おかしいねえ、意地汚いだの、小うるさいだの言われたことはあるけど、そんな風に言われたのは初めてだよ」

「やっぱ、おらのほんとのばあさまみてえだなあ」

あきあき玉が運んでくれた縁は、金ばかりではない。

一人きりで、あの世に一歩一歩近づいていくだけの日々を、この若者は優しく照らし出してくれる気がした。

トメも、まだまだお人好しな寅吉が悪い連中に騙されないよう、気を配ってやれるだろう。

いずれは、いい嫁さんを見つけてやろう。

変だねえ、このあたしがこんなことを考えるなんて。

トメは心の中でつぶやき、横を向いて、そっと目をぬぐった。


夕暮れの町を歩いていたトメは、橋に差しかかったところで声をかけられた。

「どうだい、そろそろ返す気になったかい?」

見れば、いつの間にやら、いつぞやの占い師が、欄干《らんかん》を背にして座っていた。

隣ではあのでぶ猫が、目をつむってうつらうつらしていた。

にやにやと笑っている占い師を見ていると、何か癪《しゃく》な気がしたが、トメは顎を上げて言ってやった。

「そうだねえ。金を手に入れたりなくしたり、あたしも疲れちまったよ」

トメは帯に留めてあったあきあき玉に手をやった。

「いま手元に、五十両ばかりあるんだ。老い先短いあたしにゃ、それで十分だよ」

あきあき玉を帯から外し、つくづくと眺める。

行燈の光に照らされて、キラキラ金色に光る玉を見ていると、またぞろ未練が湧いてきた。

　これさえあれば、蔵を建てて、用心棒を雇い、御殿を建てることだってできるかもしれない。

　だが――。

　トメはぐいと、あきあき玉を占い師に突き出した。

「なくしちまう前に、あんたに返しておくよ」

　占い師は、玉を受け取り、ひとつうなずいた。

「五十両だって、たいそうな金だ。せいぜい、使い切るまで死なないようにがんばりな」

「使い切らなきゃ、誰かに残しておいてやるさ」

　トメがにやりと笑うと、占い師もにやりと笑い返した。

「いい使い道を見つけたようだね」

「いい思いをさせてくれてありがとよ。達者でな」

「あんたもね」

　トメは橋を下りると、ちらりと後ろを振り返った。

　なんとなく、あの不思議な占い師には、もう二度と会えない気がした。

欄干を照らし出すだいだい色の明かりと、占い師の白い髪、白いでぶ猫の姿を目に焼きつけると、トメは寅吉の待つわが家へと帰っていった。

トメが去っていくと、白猫が目を開けて大きく欠伸した。

喉元の鈴がちりりりん、と、澄んだ音色を立てた。

「おや、これは」

占い師が白猫の顔を覗き込んだ。

「どうやら功徳《くどく》がたまりそうだね、大福や」

白猫は、つまらなそうに座布団に顎を乗せた。

「けっ、あの婆さん、いっそ家がつぶれるまで、小判を貯め込んじまえば面白かったのに」

「人には分相応ってもんがあるんだよ。あの婆さんにゃ、あれぐらいがちょうどよかったってことさ」

占い師は玉を壺の中にぽとんと落とした。

ころろん、からんと、中から不思議な音が鳴り響いた。

「ばばぁも、稼ぎそこねたな。あんたにゃ、そのボロい着物が分相応だってことか」

「うるさいねえ。あの一両の残りで、今晩は大福餅でも買ってやろうと思ったのに、当分お預けにしようかね」

「おい、待てよ。一両も稼げたのは俺のお陰だろうが」

悪態をついていた白猫は、あわてたように占い師の膝にまとわりついて、ごろごろと喉を鳴らした。

あとがき

星乃　あかり

ひょんなご縁から、この本を手に取ってくださった皆様、ありがとうございます。動画やゲームや、たくさんの娯楽があふれている世の中で、この本に気づいてくださったあなたは、きっと本の魅力をよくご存じの方なのでしょう。

私も、幼いころに言葉の魔法に魅せられて、本の森を飽かず探索していました。言葉の種から、様々な景色や感情や人間が芽を出し、世界が花開く喜び。見よう見まねで作った物語が、誰かの心に届いた時のうれしさといったら……！

映像や音楽ならば、動物達にも楽しめるようです。遠く離れた人々を、時空を越えてつなげてくれる〈言葉〉〈物語〉を堪能できるのは、地球上では人間だけ。そう思うと、つくづく人間に生まれてよかったなぁと感じます。

　この本が出るまでに、たくさんの人にお世話になりました。

　ノートに記した私の拙い物語を面白がって読んでくれた友人達、授業中にこそこそノートにつづっていたのを見逃して、励ましてくださった先生、一緒に物語を書いて切磋琢磨してきた仲間や、感想をくださった読み手、夢を応援してくださった方々。的確なアドバイスをくださった編集者様、素敵な本に仕上げてくださったイラストレーターに装丁、校正、印刷を担当される方々、本が読者に届く手助けをしてくださった出版社、流通の方々、書店員さん、私を支え、温かく見守ってくれた家族や職場の仲間達、あなた方の誰一人が欠けても、この本はできあがりませんでした。この場を借りてお礼申し上げます。

　そして、こうして本を読んでくださっているあなたに、心からの感謝をささげます。

玉に導かれて運命が転がりだした五人の物語。気に入った登場人物はいたでしょうか。

　まだまだ未熟者ですが、夜道を照らす星明かりのように、この本があなたの心に小さな灯をともしてくれたなら、これに勝る幸せはありません。

小学館文庫
好評既刊

凍原
北海道警釧路方面本部刑事第一課・松崎比呂

桜木紫乃

少女は、刑事にならねばならなかった――。釧路湿原で発見された青い目の他殺死体。捜査行の果てに、樺太から流れ激動の時代を生き抜いた顔のない女の一生が浮かび上がる。直木賞作家・桜木紫乃唯一の警察小説シリーズ第一弾！

小学館文庫
好評既刊

震える牛

相場英雄

企業の嘘を喰わされるな。消費者を欺く企業。安全より経済効率を優先する社会。命を軽視する風土が、悲劇を生んだ。メモ魔の窓際刑事が現代日本の矛盾に切り込む危険極まりないミステリー！　これは、本当にフィクションなのか？

本書のプロフィール

本書は、小学館文庫のために書き下ろされた作品です。

小学館文庫

たまうら
～玉占～

著者　星乃《ほしの》あかり

二〇一七年十一月十二日　初版第一刷発行

発行人　菅原朝也
発行所　株式会社　小学館
〒一〇一－八〇〇一
東京都千代田区一ツ橋二－三－一
電話　編集〇三－三二三〇－五九五九
販売〇三－五二八一－三五五五
印刷所――――――図書印刷株式会社

この文庫の詳しい内容はインターネットで24時間ご覧になれます。
小学館公式ホームページ　http://www.shogakukan.co.jp

ISBN978-4-09-406471-1